DA QUALCHE PARTE CON TE

Windswept Bay: Volume Due

DEBRA CLOPTON

Da qualche parte con te

La sfacciata, supponente Shar Sinclair ha la passione per le tartarughe marine che soccorre nella zona di Windswept Bay ed è altrettanto bisognosa di libertà quanto lo sono loro. È felice della sua vita, dedicata ad aiutare nella gestione del resort di famiglia e a occuparsi della fauna che la circonda. Ma a volte rimpiange di non avere qualcuno con cui condividere la sua passione, in tutti i sensi. Eppure, ciò potrebbe significare rinunciare a parte della sua libertà, e lei non è sicura che potrebbe mai fare una cosa del genere per qualcuno…

Gage Lancaster è un milionario che si è fatto da solo ed è abituato ad avere ciò che vuole, ma negli ultimi tempi nella sua vita c'è un vuoto, un'irrequietezza, che lui non sembra in grado di colmare. Durante una visita a Windswept Bay, Gage nota una bella donna sulla spiaggia, intenta a cercare di liberare una tartaruga di mare rimasta intrappolata in una lenza, e va ad aiutarla. L'uomo rimane affascinato dal fuoco e dalla passione che si irradiano da Shar e capisce subito di volerla. Ma questa potrebbe essere l'unica occasione in cui ciò che desidera è fuori dalla sua portata.

Volano scintille sulle spettacolari spiagge e le scintillanti acque blu della romantica Windswept Bay mentre Gage e Shar affrontano la loro attrazione reciproca. Gage è deciso, questa volta, a fare tutto il necessario per avere ciò che vuole. Ma Shar riuscirà ad aprirgli il suo cuore? E lui riuscirà a convincere Shar che l'amore non significa catene… ma una vita trascorsa accanto alla persona amata?

CAPITOLO UNO

Gage Lancaster uscì sulla terrazza della casa che occupava, un mostro a tre piani di vetro e legno che Kym, la sua assistente, aveva affittato per conto suo quando Gage aveva avuto un guizzo. La casa si trovava su una spiaggia quasi isolata all'estremità della piccola isola di Windswept Beach. Era il luogo perfetto per sparire.

E sparire era proprio quello che Gage aveva fatto: arrivato sull'isola due giorni prima, non aveva fatto altro che starsene chiuso in casa senza telefono, televisione o Internet. Non aveva nemmeno alzato le tende di giorno. Tranne nei momenti in cui se ne stava seduto al buio in terrazza di notte, ascoltando il suono delle onde, si era a tutti gli effetti reso irreperibile.

Ora si sfregò la mascella barbuta, inalò l'aria salmastra e decise che, probabilmente, era giunto il momento di cominciare a uscire almeno un poco di casa. La nebbia mattutina velava la linea costiera, rendendo impossibile vedere dall'altra parte della baia, dove si trovava l'insediamento principale dell'isola. Gage decise che sarebbe andato a darci un'occhiata in giornata. In quel momento, intendeva approfittare di quella spiaggia isolata per fare un tuffo nell'oceano prima di infilarsi sotto la doccia.

Rientrato in casa, tagliò via l'etichetta di un paio di pantaloncini da bagno con un coltello preso in cucina, li indossò e uscì di nuovo in terrazza. Si sfilò la camicia e la lasciò cadere su una sedia a sdraio mentre passava lì accanto, per poi discendere i gradini e attraversare la spiaggia a ritmo di corsa leggera, fino al bagnasciuga. Almeno per un po', era libero: nessun telefono a cui rispondere, nessuna trattativa da condurre, nessun contratto da firmare. Almeno per qualche giorno, solo Kym avrebbe saputo dove si trovava.

E per il momento gli andava benissimo così.

Corse in mezzo alla spuma marina e si tuffò oltre un'onda bassa nell'acqua azzurra. Presto sarebbe dovuto tornare alla vita reale. Ma non ancora.

Non ora.

Per il momento, era lì.

Riemerse più in là lungo la spiaggia e si voltò a guardare la linea costiera dall'acqua. Le case esclusive che sorgevano in quella zona della spiaggia erano state costruite con un'idea di privacy e non erano facilmente visibili dall'acqua. Un altro elemento che lui gradiva particolarmente. Aveva cominciato a nuotare verso riva quando notò una donna che correva verso la spiaggia. La nuova arrivata aveva capelli scuri lunghi fino alle spalle e mossi dal vento mentre correva. La donna raggiunse una grossa roccia leggermente gobba, cadde in ginocchio e cominciò a fare qualcosa. Incuriosito, Gage nuotò verso riva. I suoi piedi avevano appena toccato la sabbia quando si rese conto che la donna era inginocchiata accanto a una tartaruga di mare. Una tartaruga molto grossa.

La sconosciuta stava trafficando freneticamente con qualcosa che avvolgeva la tartaruga. Gage uscì di corsa dall'acqua; le onde basse gli lambirono le gambe mentre si dirigeva verso la donna.

La tartaruga si era impigliata in alcune corde e la sconosciuta stava cercando di liberarla.

Una saetta di empatia attraversò Gage, che corse attraverso l'acqua bassa e verso di lei. "Ehi," chiamò quando fu abbastanza vicino da farsi sentire.

La donna sollevò la testa e lo travolse con un'occhiata furiosa, colma di passione e di fuoco. Il suo sguardo lo percorse, osservando il suo aspetto bagnato. Il cuore di Gage accelerò i battiti quando quello sguardo incrociò il suo; rallentò il passo, fermandosi vicino a lei.

"Hanno appena gettato questa roba fuori bordo. Incredibile," esclamò la donna, per poi tornare subito al lavoro; era talmente preoccupata che sembrava non essersi davvero accorta di lui.

"Posso essere d'aiuto? Sembra che sia messo male."

La donna sollevò di scatto la testa e quegli occhi sfiorarono la pelle di Gage col loro fuoco. "Sì." Lo fissò. "Gli sta facendo male. Ho bisogno di un coltello o di qualcosa di simile per tagliare via la corda," disse in tono ansioso. "Guarda questa povera zampa anteriore. Probabilmente dovrà essere amputata."

Gage fece una smorfia alla vista della zampa avvolta nella cima, orribilmente martoriata. "Ho un coltello." Infilò una mano nella tasca dei pantaloni in cerca del coltellino che portava sempre con sé, quello che suo padre gli aveva regalato tanti anni prima. Ma ora indossava il costume, per cui non aveva il coltello in tasca. "Aspetta. Te lo porto subito."

"Grazie. Sbrigati."

Gage corse attraverso la sabbia fino alla casa che aveva preso in affitto e, senza preoccuparsi di far gocciolare acqua sulle mattonelle, entrò a cercare un coltello. Ci vollero solo pochi istanti prima che riprendesse a correre nella direzione opposta, ma gli sembrava che fossero trascorse delle ore. La donna stava ancora cercando inutilmente di rimuovere l'intrico di corda; si fermò per sollevare lo sguardo e vederlo percorrere di corsa gli ultimi metri.

Gage si inginocchiò accanto a lei.

"Grazie." La donna allungò una mano per prendere il coltello. "Faccio io." Era chiaro che era tormentata dal desiderio di liberare la tartaruga, per cui lui le lasciò il coltello. La donna si chinò sulla zampa dove la cima era penetrata nella pelle; l'arto aveva un aspetto disastroso. Lei iniziò delicatamente a tagliare la corda.

"La gente non sa i danni che fa e le vite che distrugge quando getta senza pensarci la spazzatura e le cime vecchie." La voce della donna tremava per la frustrazione.

Gage vide che anche le sue mani tremavano. "Aspetta. Lascia che ci pensi io." Coprì con gentilezza le mani di lei con le proprie, arrestandone i movimenti. Scosse elettriche lo attraversarono mentre teneva per mano la donna; quando lei sollevò lo sguardo per incrociare il suo, tutto in lui vibrava di energia elettrica.

La giovane trasse un breve respiro tremante e annuì. "D'accordo. Ma stai attento. Fai piano."

Gage sorrise. "Non preoccuparti," la rassicurò. Una volta che lei gli ebbe ceduto il coltello ed ebbe staccato le mani dalle sue, cominciò a tagliare.

Aiutandosi a vicenda, i due riuscirono presto a liberare la tartaruga dalla cima. La donna iniziò a esaminare le ferite dell'animale. "È messo male. Sembra che ci sia già un principio di infezione. Povera *Caretta*. Sono una specie protetta, perché fino a qualche anno fa stavano per estinguersi. E guarda questo poverino: soffre a causa del menefreghismo delle persone."

Sentì squillare il cellulare e tacque per estrarlo dalla tasca. Lesse il messaggio e fu visibilmente attraversata dal sollievo. "L'ambulanza è quasi arrivata. Non so come ringraziarti." Come evocata, proprio in quel momento cominciò a sentirsi una sirena in lontananza.

"Un'ambulanza per la tartaruga?"

"Sì. L'ho chiamata non appena ho visto che c'erano problemi. Lo porteremo all'ospedale delle tartarughe e gli daremo le cure di cui ha bisogno;

speriamo che sopravviva."

Un'ambulanza arancione arrivò in cima alla salita ed entrò nella spiaggia. Si mosse lentamente verso di loro, attraverso la sabbia. Sulla fiancata c'era scritto 'Ospedale delle tartarughe di mare di Windswept Bay'. Gage non aveva mai visto nulla di simile; ma del resto, non aveva mai trascorso molto tempo vicino al mare. Era stato troppo impegnato al chiuso, dentro edifici di vetro e acciaio, ad accumulare soldi. Quella era stata una delle poche occasioni in cui aveva mai nuotato nell'oceano.

Ma non più. Oggi aveva aiutato a salvare una tartaruga di mare, una *Caretta*, assieme a una bella donna. Soppresse un sorriso. *Era un momento troppo serio per pensare a quello.*

La donna incoraggiò la tartaruga: "Resisti, amico," disse mentre gli accarezzava il guscio, la cui sommità arrivava a un buon mezzo metro da terra.

L'ambulanza fece un'ampia manovra e si avvicinò a loro in retromarcia. Sentendosi come un pesce fuor d'acqua, Gage osservò la donna mentre questa guidava l'ambulanza verso di loro e le faceva segno di fermarsi a pochi passi di distanza. Si comportava come se quella non fosse la prima volta che faceva qualcosa del genere.

Subito un uomo balzò dal posto di guida e corse nella loro direzione. Indossava dei pantaloncini marrone chiaro e una maglietta rossa sbiadita col logo dell'ospedale delle tartarughe di mare di Windswept Bay.

"Shar," disse, come se conoscesse bene l'angelo delle tartarughe. "Wow, mi sa che sei arrivata nel posto giusto nel momento giusto. Ha proprio un brutto aspetto."

"Già, Alex. Quella zampa anteriore è un macello," disse la donna senza preamboli.

Un altro uomo era sceso dal sedile del passeggero dell'ambulanza. Girò attorno al veicolo e aprì il portellone posteriore.

"Cavolo, è bello grosso. Peserà almeno novanta chili, forse anche cento. Carichiamolo sull'ambulanza e diamogli un po' di attenzione. Ottimo lavoro, Shar."

"Grazie, John. Sono felice che tu e Alex siate arrivati così in fretta." Spostò lo sguardo su Gage. "Puoi dare una mano?"

"Certo. Ditemi solo cosa devo fare."

Sollevare una tartaruga di mare di più di novanta chili era un'impresa anche per quattro persone. Ma lavorando insieme, riuscirono a traslare l'animale sul sollevatore fissato alla parte posteriore dell'ambulanza, che usarono per spostare la tartaruga all'interno del mezzo.

Dopo che il caricamento fu completato, Gage rimase stupito quando Shar salì a bordo dell'ambulanza assieme alla tartaruga. "Grazie per l'aiuto. Sei stato fantastico." Gli rivolse un sorriso smagliante mentre sollevava la mano in un gesto di saluto, per poi chiudere il portellone.

John e Alex lo ringraziarono di nuovo, dopodiché Gage guardò mentre l'ambulanza si avviava lentamente lungo la sabbia. Attraverso il finestrino, riuscì a vedere Shar che si concentrava sulla tartaruga. L'ambulanza arrivò in cima alla salita e poi scomparve, le sirene spiegate.

Gage non si mosse. Rimase a fissare il punto in cui l'ambulanza era scomparsa e si chiese chi fosse quella Shar.

Non era stato esattamente il momento opportuno per chiederle nome e numero di telefono… ma se quelli dell'ospedale la conoscevano tanto bene, lui sapeva dove trovarla.

E l'avrebbe trovata. Non sarebbe mai riuscito a dimenticarla.

CAPITOLO DUE

Shar Sinclair sbatté la portiera della sua auto e corse verso il resort. Le doleva ancora il cuore per la tartaruga di mare. Il chirurgo aveva dovuto amputare una grossa porzione della zampa anteriore e sottoporre la tartaruga a una pesante terapia antibiotica per contrastare l'infezione che si era sviluppata. L'animale era stato molto fortunato ad arrivare fino alla spiaggia di Shar. Lei non usciva a correre o a cercare uova di tartaruga da diversi giorni, per via di una caviglia distorta che le dava ancora noia. Ma quel giorno aveva deciso di fare un po' di esercizio e di vedere se qualche mamma tartaruga si fosse trascinata fino alla spiaggia nel corso della notte per deporre le uova. Trovare la *Caretta* spiaggiata era stato un semplice caso, ma per fortuna era capitato.

Per fortuna *quell'uomo* era capitato.

Shar aveva cercato disperatamente di liberare la tartaruga, ma si era resa conto che i suoi sforzi erano inutili senza un coltello. E poi aveva sollevato lo sguardo e, come in risposta alle sue preghiere, eccolo lì, quel tizio splendido che la chiamava mentre usciva di corsa dall'acqua. Il cuore di Shar le era balzato in gola e lo stomaco le era finito sotto le scarpe.

Era un uomo così bello... I suoi muscoli luccicavano mentre si passava una mano attraverso i corti capelli castani e si toglieva l'acqua dagli occhi azzurro chiaro alla Paul Newman. Era magnifico.

E le aveva chiesto se avesse bisogno di una mano.

Sì, perdiana. Al che lui si era tuffato ad aiutarla e si era comportato in maniera splendida. Shar avrebbe dovuto ritrovarlo. Ringraziarlo. Era stata così concentrata sulla tartaruga da ignorarlo quasi completamente e se n'era andata senza chiedergli come si chiamasse. Ma era grata che fosse intervenuto. Grata che egli avesse i muscoli snelli di un uomo che, forse, sarebbe riuscito a sollevare la tartaruga da solo, se ci avesse provato.

"Shar, sei in ritardo," disse Gracie Close da dietro il banco della reception. Sorrise quando Shar le lanciò un'occhiata esasperata. "Che succede?"

"Ho dovuto salvare una tartaruga." Shar appoggiò la borsa sul bancone. "Mettimela da qualche parte, per favore. Dove sono le altre? Spero di non essermi persa nulla… non che quelle due abbiano davvero bisogno dei miei suggerimenti. Sappiamo tutti che gestiscono benissimo questa ristrutturazione."

Gracie era stata recentemente assunta come direttrice dell'albergo da Shar e dalle sue sorelle. Nessuna di loro voleva accollarsi la gestione quotidiana del resort di famiglia che avevano rilevato tutte insieme. L'idea di ritrovarsi bloccata dietro quella scrivania per tutto il giorno strappava una smorfia a Shar ogni volta che ci pensava. Cali, che si sarebbe sposata fra cinque giorni, era già indaffarata fino allo stremo delle forze tra promozioni e piani per il viaggio di nozze col suo futuro marito, l'artista di fama mondiale Grant Ellington. E Jillian aveva la testa piena di fiori e giardini, ben lontana dal tran tran quotidiano. La terza sorella di Shar, invece, era occupata nella terra dei film e aveva rifiutato con fermezza l'offerta di unirsi alle sue tre sorelle per assumere la gestione del resort di famiglia. Tutto ciò faceva sì che Shar fosse l'unica ad avere la possibilità di mandare avanti la baracca, e tutti sapevano che ciò sarebbe stato un disastro completo. Shar era completamente aliena al confino, ai programmi e all'ordine. No, Gracie era un dono del cielo e svolgeva splendidamente il suo lavoro. Aveva ottime referenze e Shar avrebbe voluto baciarla il giorno che era entrata da quella porta dopo aver accettato il lavoro.

"Hanno bisogno di te. Che tu ci creda o meno, ne hanno bisogno. Stavano andando nell'ala da ristrutturare per parlare con l'impresario edile. Se ti sbrighi, non ti perderai molto."

"Miseriaccia, sarei dovuta rimanere all'ospedale."

Gracie rise. "Sbrigati; ti stanno aspettando."

Shar sospirò e aggiunse con scarso entusiasmo:

"Grazie."

"Non c'è di che."

La risata soffocata di Gracie la seguì mentre si affrettava verso la doppia porta in fondo alla lobby. Shar amava il resort che la sua famiglia possedeva da prima che lei nascesse e il pensiero di venderlo quando i suoi genitori avevano deciso di andare in pensione aveva spinto lei e le sue sorelle a prenderlo in mano. I suoi cinque fratelli non avevano voluto assumersi quella responsabilità, e lo stesso valeva per Olivia; così, anche se Shar non riusciva davvero a vedersi completamente dedita a quel progetto, si era offerta di aiutare Jillian e Cali. Ma a volte aveva la sensazione di non fare abbastanza. Non che le sue sorelle le avessero mai lasciato intendere di pensare una cosa del genere, ma lei se lo sentiva dentro.

Il suo cuore era con le tartarughe e col lavoro volontario che svolgeva presso l'ospedale. Ma dato che i volontari non erano retribuiti, Shar aveva bisogno di un lavoro, di una carriera… e il resort di famiglia era perfetto.

Si sarebbe impegnata di più. Sì.

Affrettandosi verso la parte posteriore della proprietà, oltrepassò lo splendido cortile la cui architettura era frutto del lavoro e della pianificazione di Jillian. E oltrepassò anche la zona della piscina, col suo nuovo murale dipinto da Grant Ellington… o dal signor Stranamore, come Shar chiamava il fidanzato di Cali. L'idea di aggiungere dei murali al resort era una delle trovate di marketing di Cali. Shar adorava quel dipinto, ma adorava ancora di più il fatto che il signor Stranamore avesse conquistato il cuore di sua sorella. Shar aveva fatto fin dall'inizio il tifo perché tra di loro nascesse qualcosa ed era stata felice di osservare la loro sfavillante storia d'amore… e di incoraggiarla un poco, col suo tipico modo di fare diretto. Ma lei non desiderava una cosa del genere per sé. Sua sorella Jillian aveva detto che tutte e tre avevano l'età giusta per cercare l'amore, ma si sbagliava. Shar amava la sua vita ed era ben lungi dal voler rinunciare alla propria libertà per un uomo. Ma era felicissima per Cali.

A volte si chiedeva da dove le venisse quell'opinione così forte sull'argomento e non era sicura di quale fosse la risposta. Tutto ciò che sapeva era che, come molti dei suoi cinque fratelli maschi, era soddisfatta di essere single. Ma le sue sorelle erano fatte per l'amore e lei era prontissima a dar loro una spinta quando ce n'era bisogno; semplicemente, quel sentimento non era adatto a lei.

Il Tipo Sexy della Spiaggia fece capolino tra i suoi pensieri. Quell'uomo le aveva quasi mozzato il fiato quando era uscito dall'acqua, fradicio e con indosso solo i pantaloncini da bagno.

Persino in quel momento, la pelle di Shar si coprì di pelle d'oca: quell'uomo era stato una visione celestiale, col petto lucido muscoloso e gli addominali tonici. Ma erano stati la barba incolta e lo sguardo intenso nei suoi occhi azzurro pallido che le avevano fatto arricciare le dita dei piedi nella sabbia, nonostante fosse stata molto preoccupata per la tartaruga.

Interrompendo bruscamente quel viaggio lungo il viale dei ricordi, Shar raggiunse la porta aperta della stanza dove avrebbero dovuto cominciare la ristrutturazione. Sbirciò all'interno e, subito, Cali la vide.

"Shar, ce l'hai fatta... che ti è successo?" chiese

Cali quando lei entrò nella stanza con addosso ancora i vestiti da jogging, sporchi di sabbia e di un po' di sangue uscito dalle ferite della tartaruga.

"Mi dispiace, ma questa mattina, mentre ero in spiaggia, ho dovuto salvare una tartaruga. Ho chiamato l'ambulanza e… beh, diciamo che non ho avuto il tempo di cambiarmi e di fare la doccia." Shar si intravide nello specchio e fece una smorfia. "Mamma mia, sono un mostro. Come potete immaginare, non mi ero ancora vista riflessa." I suoi capelli erano un intrico disastroso.

Jillian corse da lei, l'espressione rapita. "Va tutto bene. Hai *salvato una tartaruga di mare*. La tua dedizione è commovente."

Shar rise. "Grazie. Personalmente, preferisco salvare una tartaruga che avere un bell'aspetto. Allora, che succede?"

"Lui è Abe Timmons, l'impresario che si occuperà della ristrutturazione."

Abe Timmons era un bell'uomo tra i trenta e i trentacinque anni, con occhi marrone scuro attorno ai quali apparvero piccole rughe quando le sorrise.

"Piacere di conoscerti." Le tese la mano.

Shar la strinse. "No, il piacere è mio. Sono entusiasta di questa ristrutturazione. È bello averti con noi." Si mise le mani sui fianchi e i suoi pensieri tornarono alla sensazione che le aveva dato il tocco di quell'uomo sexy sulla spiaggia. Abe era un uomo decisamente attraente, dal fascino vissuto, con un sorriso accattivante che probabilmente scioglieva i cuori della maggior parte delle donne. Ma non il suo. No, per nulla… soprattutto al confronto coi fuochi d'artificio che erano scoppiati al tocco dell'uomo sexy. *E quegli occhi… oh, era bastata una sola occhiata–*

"Shar, va tutto bene?" La domanda di Cali fece breccia nei suoi pensieri.

"Ah, sì, scusate. Certo." Shar si concentrò su Abe. "Allora, che ne pensi dei nostri piani?"

"Mi sembrano piuttosto fattibili. Abbattere questa parete e allargare i bagni sottrarrà spazio alle camere da letto, ma ve ne farà guadagnare altrove e renderà i bagni più moderni e gradevoli. Non c'è niente che sappia di vecchio più di un bagno troppo piccolo."

"Vero," disse Shar. "Il Windswept Bay Resort ha

quasi quarant'anni."

"E non ha mai visto grandi ristrutturazioni," aggiunse Cali.

"Esatto," confermò Shar. "A me sembra una buona idea. Tu cosa dici, Jillian?"

"Facciamolo, vi prego. Tira giù quel muro," rispose ridendo sua sorella.

"Siamo tutte d'accordo, Abe," disse Cali. "Facciamolo. Hai campo libero."

"In tal caso, dirò alla mia squadra di cominciare i lavori fra tre settimane."

"Mi sembra perfetto," disse Shar. "Presto avremo un matrimonio in famiglia; Cali andrà in luna di miele e dovrà essere di nuovo qui per l'inizio del rinnovamento."

"Congratulazioni. Ho letto la notizia sul giornale," disse Abe.

Cari arrossì. "Grazie."

Jillian annuì all'indirizzo di Abe e fece un piccolo sorriso. "Sì, grazie."

"Prego," rispose l'uomo. Shar ebbe l'impressione che ci fosse un certo interesse nel suo sguardo quando guardava Jillian.

Interessante.

Pochi minuti dopo, Abe se ne andò e Shar fissò le sorelle. "Sembra sapere il fatto suo. Ed è anche carino, vero, Jillian?"

Jillian sembrava perplessa. "Sì. Ti interessa?"

"Pensavo che interessasse a te."

"Non è il mio tipo," disse Jillian… un po' troppo in fretta, pensò Shar. "Ma ce lo ha raccomandato Levi, per cui il nostro caro fratello maggiore deve fidarsi di lui."

"E se il capo della polizia lo raccomanda, probabilmente ci troveremo bene con lui," aggiunse Shar.

Il loro fratello Levi, che svolgeva la funzione di capo della polizia di Windswept Bay, aveva raccomandato in maniera entusiasta il suo amico. "Non sei d'accordo, Cali?"

"Hmm, ah, sì, credo di sì," disse Cali, tutta sorrisi. "Chiedo scusa. Mi ero messa a pensare ai piani per il matrimonio."

Ovviamente. Cali era al settimo cielo e distratta fin

da quando lei e Grant avevano deciso di sposarsi.

Shar rise. "Speriamo che il matrimonio e la luna di miele passino alla svelta, così tornerai a concentrarti sul lavoro."

"Scusate, ma non posso farne a meno."

"Com'è giusto che sia," disse affettuosamente Jillian.

"Verissimo." Shar poteva solo immaginare come si sentisse sua sorella; ed era perfettamente accettabile che quello fosse il suo normale stato d'animo. "Ora che abbiamo sistemato questa faccenda, puoi concentrarti completamente sul matrimonio."

"È quello che ho intenzione di fare. Non avevo mai pensato che avrei voluto risposarmi, ma sono prontissima a diventare la moglie di Grant."

Shar vide l'amore nello sguardo di Cali e fu felice per la sorella maggiore. Lei stessa aveva contribuito a spingere Cali a farsi avanti e dare una possibilità all'amore. "Sarà una splendida serata."

"Sarà una settimana molto impegnativa," disse Jillian. "E io sono prontissima. Voi due mi fate sorridere al solo guardarvi. Sono felicissima per entrambi."

Cali era tutta sorrisi. "Sarà bello essere tutte assieme venerdì sera."

"Non vedo l'ora," disse Jillian. "Credo che Olivia arriverà venerdì mattina. Sarà splendido rivederla."

Era da diversi mesi che Olivia non tornava a casa.

"Ora che abbiamo sistemato tutto, se non è un problema, io correrei a casa per fare una doccia e mettere un po' di trucco. Faccio un salto all'ospedale per vedere come sta Don Giovanni e torno."

"Aspetta." Cali rise. "L'hai chiamato *Don Giovanni*? Cos'è, una splendida tartaruga?"

"Sai che la persona che trova una tartaruga di mare ferita ha l'onore di darle un nome," osservò ridendo Shar. Aveva scelto quel nome d'impulso; non aveva pensato alle conseguenze di battezzare la tartaruga con un nome ispirato al tipo sexy.

"Dai," insistette Cali. "Perché l'hai chiamato Don Giovanni?"

"Vogliamo saperlo," aggiunse Jillian.

"Per via del tizio che mi ha aiutata a salvarlo."

"Davvero?" chiesero all'unisono le sue sorelle.

"D'accordo, se proprio volete saperlo, qualcuno mi ha aiutata a salvare la tartaruga, questa mattina: per la precisione, un uomo incredibilmente bello che è uscito di corsa dall'acqua per aiutarmi. Quando l'ho visto, ho perso la ragione; per cui, quando è venuto il momento di dare un nome alla tartaruga, mi è uscito di getto 'Don Giovanni'."

"Questo sì che sembra interessante," disse Cali.

"Ma lui come si chiama?" chiese Jillian, sorridendo incuriosita.

"Ero impegnata con la tartaruga. Non so come si chiami lui."

"Ma…" gemette Cali. "Sai dove trovarlo, vero?"

Shar non rivelò loro che l'uomo soggiornava a poca distanza da lei, lungo la spiaggia. "Credo di sì."

Cali era tutta sorrisi. "E vuoi farlo?"

"Può darsi. Solo per ringraziarlo per ciò che ha fatto, naturalmente."

"Certo, assolutamente," concordò Jillian. "Sarebbe la cosa giusta da fare. Ringraziarlo."

"Eri sulla spiaggia vicino a casa tua?" chiese Cali con aria speranzosa.

"A dire il vero, sì. Come mai me lo chiedi?"

"È una zona piuttosto isolata. Chissà da dove è uscito quel tizio." Jillian sembrava pensierosa.

"Oh," esclamò Cali. "Se non ricordo male, ho sentito dire che qualcuno ha preso in affitto il Castello di Vetro. Credi che quell'uomo sia arrivato da lì?"

Shar ci pensò su. 'Il Castello di Vetro' era il nomignolo dato dagli abitanti dell'isola alla grande casa che si trovava in fondo alla spiaggia. L'edificio aveva così tante finestre che, visto dalla spiaggia, sembrava fatto tutto di vetro. E dalle altre spiagge che si incurvavano attorno alla linea costiera, la casa – pur non essendo visibile durante il giorno – si trasformava in una sfavillante fonte di luce dorata quando il sole al tramonto si rifletteva su tutto quel vetro.

"Sapete, lui è andato proprio in quella direzione quando gli ho chiesto un coltello. Io ero impegnata a lavorare sulla tartaruga e non ho guardato dove si è diretto. Forse ha preso in affitto la casa o lavora per qualcuno che l'ha presa in affitto."

"Dovresti indagare. È pur sempre tuo vicino." Cali assunse un'aria birichina. "Sarebbe divertente se tu lo trovassi. Continui a prendere in giro me e Jillian e a spingerci a trovare qualcuno; sembra che ora sia giunto il momento per noi di restituirti il favore."

Shar la guardò storto. "Non sperare di potermi

rendere pan per focaccia per averti spinta verso Grant. Sai che mi vuoi bene per questo. E poi, hai un matrimonio per cui preperarti. Non hai tempo di fare la combinatrice di incontri."

"Ah, come se tu mi avessi dato retta quando ti ho detto la stessa cosa," osservò Cali. "Vero, Jillian?"

"Verissimo," ridacchiò Jillian. "Quell'uomo ti piace, Shar. Qual è il problema?"

Shar si pentì di aver nominato il tizio. "Tra il resort e il volontariato, sono troppo impegnata per avere una relazione. Non voglio impegni vincolanti e voi lo sapete benissimo."

"Ah! Lui ti piace," esclamò Cali.

"Sembri sulle spine." Jillian ridacchiò. "Battuta da giardiniera, lo so. Ma è così."

"Non sono su nessuna spina, né tantomeno ho intenzione di tuffarmi in una relazione con un tizio che ho appena conosciuto sulla spiaggia. Anche se si tratta di un tizio molto tentatore." *Perché aveva aggiunto l'ultima parte?*

"Forse, allora, c'è speranza," aggiunse Jillian, gli occhi che brillavano.

"Di cosa c'è speranza?" chiese Grant dalla soglia.

"Che Shar si innamori di uno sconosciuto alto, moro e bello."

Shar scosse la testa all'indirizzo del signor Stranamore. "Mi stanno solo prendendo in giro. Ignorale e porta mia sorella fuori a pranzo, così avrà qualcosa di più interessante di me di cui chiacchierare."

Grant circondò Cali con un braccio quando lei lo raggiunse per abbracciarlo. Poi chinò la testa e la baciò sonoramente. "Tua sorella ha ragione," mormorò l'uomo un attimo dopo. "Sono venuto a trascinarti a pranzo."

Shar guardò l'amore negli occhi di Cali e quello per Cali negli occhi di Grant. Per un attimo invidiò loro quel sentimento… ma no, per lei il prezzo sarebbe stato troppo alto. Ma qualche minuto dopo, mentre tornava alla macchina, non poté negare di volerne sapere di più riguardo a quello sconosciuto così sexy.

Il suo nome, tanto per cominciare.

CAPITOLO TRE

Dopo aver aiutato a salvare la tartaruga di mare e aver conosciuto quella donna che non riusciva a togliersi dalla testa, il mattino dopo Gage non si stava godendo il momento mentre se ne stava in terrazza ad ascoltare la sua assistente che gli parlava dall'altro capo del telefono.

Mentre ascoltava Kym, Gage sfregò il punto d'incontro delle sue sopracciglia corrugate. Non aveva dormito bene e aveva cercato di fare del suo meglio per convincersi che corteggiare Shar sarebbe stata una pessima idea. Ma non era mai riuscito a impedirsi di perseguire qualunque cosa… o persona… volesse.

E lui voleva Shar; voleva conoscerla.

In quel periodo, almeno in teoria, avrebbe dovuto rivalutare la propria vita. Stava tirando le somme, cercando di scoprire perché, dopo aver perso suo padre, si sentisse improvvisamente come una nave dispersa in mare. Non era lì per lasciarsi coinvolgere da una donna. Ma al momento, quello era esattamente ciò che aveva intenzione di fare.

Alla fine interruppe il lungo discorso di Kym, incentrato su tutte le incombenze che lo attendevano nell'ufficio suo e di suo padre. No, nel suo ufficio. Solo suo.

"Kym," disse. "Mi sono solo preso un po' di tempo per me. Se la nuova acquisizione non può aspettare qualche settimana, saranno loro a perderci. Io posso farne anche a meno. Diglielo. Non dire loro dove sono. Procederemo da qui. E questo vale anche per tutto il resto. Manda avanti la baracca. Per quanto mi riguarda, inserirò il pilota automatico e lascerò tutto nelle tue abili mani."

"Ma continuano a chiama–"

Il fastidio lo fece scattare. "Di' loro che ho appena perso mio padre e che dovranno aspettare. Ce la fai?" Se ne pentì immediatamente, ma Kym lavorava per lui da talmente tanto tempo che, a volte, si prendeva più libertà del dovuto. Dimenticava che era lui a comandare e che il suo compito era eseguire gli ordini di Gage.

Ci fu una pausa. "Sì, ce la faccio," rispose la donna, in tono ora freddo e professionale.

"Ottimo. Nessuno deve sapere dove mi trovo. Non so come tu abbia fatto a trovare questo posto, ma mi piace."

"Non lo dirò a nessuno. Sa che si può fidare di me, Benjamin." Era il nome di battesimo di Gage, il nome che suo padre aveva insistito per fargli usare nel mondo degli affari.

Gage sospirò. "Lo so. Non volevo suggerire il contrario. Ci sentiamo dopo," disse, per poi chiudere la comunicazione. Si trattenne dal buttare il cellulare dell'oceano; invece se lo mise in tasca, per poi recarsi all'auto. Qualche istante dopo, stava guidando lungo la strada tortuosa che percorreva la costa, diretto verso il paese. Aveva abbassato il tettuccio; l'aria salmastra gli faceva sventolare i capelli e lo aiutava a rilassarsi un poco. Quell'aria profumava di libertà. E di fuga... entrambe cose di cui lui, in quel momento, aveva bisogno.

Fin da quando era giovane, suo padre gli aveva insegnato l'arte di acquisire aziende e industrie in difficoltà economica. Era quello che Gage aveva fatto per buona parte della sua esistenza. Ma di recente aveva perso suo padre e, all'improvviso, si era reso conto di quanto potesse essere breve la vita. Milton Lancaster, a cinquantanove anni, era stato nel fiore degli anni quando era morto in seguito a un improvviso e fatale attacco cardiaco. Da allora, Gage si era sentito come anestetizzato.

Ma aveva mantenuto il ritmo che suo padre gli aveva instillato, continuando a lavorare fino al funerale; poi, subito dopo aver sepolto il genitore, era salito a bordo del suo jet privato, destinazione Londra, per negoziare un contratto per conto della compagnia. Proprio come avrebbe voluto Milton Lancaster...

Non era però riuscito ad arrivare al termine alla

contrattazione ed era tornato a casa. Era stato allora che aveva capito di aver bisogno di trascorrere un po' di tempo da solo. Così aveva chiamato Kym e le aveva chiesto di trovargli un posto dove sparire per qualche giorno. E ora, eccolo lì che fissava la struttura dell'Ospedale delle tartarughe marine di Windswept Bay, sentendosi decisamente ribelle. Avrebbe fatto ciò che voleva e si sarebbe dimenticato del resto, almeno per un po'.

Mentre se ne stava lì, proprio come era accaduto il mattino prima quando aveva conosciuto Shar e l'aveva aiutata a salvare la tartaruga di mare, avvertì una scarica di adrenalina. Era una sensazione piacevole. Afferrò la maniglia della porta ed entrò, sperando di trovare Shar dall'altra parte.

La stanza in cui si ritrovò conteneva diverse file di sedie posizionate di fronte a un grosso televisore. Appesi al muro c'erano foto di tartarughe e un enorme guscio.

"Ehi, che piacere rivederti." Uno dei ragazzi che Gage aveva conosciuto il mattino prima uscì dalla stanza sul retro.

Gage ricordava il suo nome: si chiamava John. Gli tese la mano. "John, vero? Ho pensato di fare un salto qui per controllare il paziente. Come sta?"

John fece un gran sorriso. "Benissimo, considerato come stava prima. Vieni, guarda tu stesso."

Gage seguì John attraverso la porta, in un'ampia stanza lungo un lato della quale c'erano delle stanze di osservazione con delle pareti a vetri, molto simili a quelle delle unità di terapia intensiva degli ospedali. C'era anche una stanza che, a giudicare dalle attrezzature che conteneva, doveva essere utilizzata per le operazioni chirurgiche. Gage individuò la grossa tartaruga su una barella nella stanza di fronte alla sala operatoria. Era attaccata a diverse flebo e la sua zampa era avvolta nelle bende.

"Il vecchio Don Giovanni se la caverà, ma è stato fortunato che Shar lo abbia trovato. Abbiamo dovuto amputargli buona parte della zampa per evitare che l'infezione si diffondesse ulteriormente. E adesso sta prendendo un'enorme quantità di antibiotici."

"Riuscirà a sopravvivere? Come farà con una zampa mutilata?"

"Sopravvivrà, ma è molto probabile che rimanga qui per sempre." John diede un'occhiata ai monitor, poi si voltò nuovamente verso Gage. "Sei stato molto bravo. Shar dice che hai salvato la situazione col tuo arrivo, e poi andando a prendere un coltello per aiutarla. Quella donna crede di essere un supereroe; se non fossi arrivato quando sei arrivato, probabilmente avrebbe cercato di strappare la corda a morsi."

Gage ridacchiò per la battuta. "Sì, ho avuto l'impressione che sia molto appassionata riguardo alle tartarughe."

"È l'eufemismo dell'anno. Sì, Shar è davvero appassionata. Ma del resto, lo siamo tutti. Vuoi vedere l'ospedale?"

"Certo. Sembra che facciate le cose in grande, qui." Gage non era mai stato in un luogo del genere. Ma del resto, non aveva mai pensato davvero alle tartarughe di mare, se non come a un interessante elemento della fauna marina.

John si guardò attorno. "È così. Salviamo molte tartarughe lungo la costa. Molte di loro hanno ferite e problemi dell'apparato digerente che le renderebbero vulnerabili qualora venissero rilasciate nell'ambiente; di conseguenza, restano qui con noi. Per fortuna abbiamo dei benefattori che ci aiutano a restare aperti. Se non fosse per loro, avremmo dei grossi problemi."

John condusse Gage fuori dalla porta e lungo una rampa accessibile anche alle sedie a rotelle. C'erano diverse grosse vasche che ricordavano delle piscine sopraelevate.

"È qui che teniamo le tartarughe, a seconda del grado delle loro lesioni o malattie."

"Vedo che ce ne sono di tipi diversi." Gage contò cinque diverse tipologie di animali nella prima vasca.

"Sì: le tartarughe di mare si dividono in sette specie, sei delle quali si possono trovare in queste acque. Tartarughe comuni, embricate, di Kemp, verdi… di qualunque specie si tratti, è molto probabile che noi l'abbiamo. Di solito a dozzine. E sei specie su sette sono nell'elenco di quelle a rischio di estinzione."

"È terribile."

"Già. Cerchiamo di salvarne il più possibile."

Gage si guardò attorno, osservando la struttura e comprendendone l'importanza. "Dimmi, dove andrà

Don Giovanni quando sarà possibile rimetterlo in acqua?"

"Laggiù." John lo condusse oltre diverse piccole strutture, in un'area che racchiudeva dieci piccole vasche di cemento rialzate. Ciascuna di esse conteneva una singola tartaruga. Diversi degli animali erano molto grossi e alcuni di taglia media.

Lì c'era anche Alex, intento a studiare una delle tartarughe. L'uomo disse qualcosa alla giovane donna che gli stava accanto e lei se ne andò, sorridendo a Gage mentre lo oltrepassava.

"Ah, sei venuto a dare un'occhiata." Alex, che aveva in mano un portablocco, lo guardò e vi segnò un appunto; poi tornò a guardare nuovamente la tartaruga. Prese un altro appunto e chiese, senza sollevare lo sguardo, "Allora, che ne pensi?"

"Fate un lavoro fantastico." Gage era davvero colpito dall'operato dell'ospedale. Nel corso del tour, aveva visto diverse persone al lavoro in zone diverse e tutte gli erano parse molto felici dei compiti che svolgevano.

"Siamo sempre in cerca di volontari," suggerì

John.

Alex passò a esaminare un'altra tartaruga. "Ha ragione. Se hai del tempo che ti avanza, ti troveremo qualcosa da fare."

Era un'idea piacevole per Gage. "Potrei anche farlo, quando ne avrò modo. Shar lavora qui?"

"Fa volontariato," rispose John.

Alex spostò lo sguardo su Gage e lui colse un guizzo negli occhi dell'altro uomo. Quando Alex parlò, lo fece in tono misurato. "È molto importante per il nostro programma."

John annuì energicamente. "Alla faccia dell'eufemismo. Quella donna ha una passione per salvare quante più tartarughe di mare possibili. L'hai vista ieri, mentre faceva la sua corsa mattutina lungo la costa. Molto probabilmente stava cercando dei nuovi nidi da segnalare. Noi cerchiamo sempre di proteggere le covate."

"Covate?"

"È così che si chiamano i gruppi di uova deposte. Noi vogliamo che arrivino a schiudersi, in modo che nascano dei piccoli. Shar è ossessionata anche dai cuccioli di tartaruga.”

A Gage la cosa piaceva. *Quando mai era stato ossessionato da qualcosa che non fosse il lavoro? Da qualcosa di importante?* “È davvero speciale,” mormorò. Si rese conto solo dopo di averlo detto ad alta voce.

“È vero.” Poi Alex chiese: “Ieri mi è sfuggito il tuo nome… Come ti chiami? Vivi qui o sei solo di passaggio?”

Gage si chiese che genere di rapporto ci fosse tra Shar e Alex. Non aveva notato alcun anello al dito della giovane: aveva osservato quel dettaglio quasi nel primo istante in cui l’aveva vista. “Mi chiamo Gage.” Si trattenne appena in tempo dall’usare il nome completo. “Gage Lancaster. Rimarrò sull’isola per qualche giorno… forse qualche settimana. All’improvviso la trovo molto… interessante,” concluse, sentendosi all’improvviso territoriale. A giudicare dalle occhiate che gli stava lanciando Alex, era piuttosto sicuro che l’uomo avesse preso di mira la bella Shar. *E non era stupido.* Ma l’assenza di un anello significava che, al momento, c’era ancora una porta aperta. E il padre di Gage gli aveva insegnato fin da piccolo che le porte aperte erano fatte per essere attraversate. Nel mondo degli affari, questo significava che, se una compagnia commetteva l'errore di coprirsi di debiti, lasciava la porta aperta e diventava vulnerabile all'acquisizione. Non che lui avesse mai amato quell'aspetto delle Lancaster Industries, ma era stato proprio quello a far sì che suo padre si alzasse dal letto ogni mattina. L'uomo aveva avuto un istinto per gli affari acutissimo. Gage non lo aveva e sapeva che ciò era stato una gran delusione per Milton. Comunque, Gage sapeva come ottenere ciò che voleva quando lo voleva… e ora voleva la bella, appassionata Shar.

"Shar lavora da queste parti?"

John spostò lo sguardo da Alex a Gage; doveva aver percepito il conflitto territoriale che aleggiava tra i due come una nube di tempesta. "Beh, ecco, la sua famiglia sono i Sinclair. Possiedono il Windswept Bay Resort; Shar lo gestisce assieme a due delle sue sorelle."

Era una novità interessante. Gage era passato di

fronte al resort il giorno del suo arrivo, mentre si dirigeva alla casa presa in affitto. "Grazie. Farò un salto da quelle parti, allora. Il tour è stato molto piacevole. Fate davvero un lavoro incredibile."

"Grazie. Abbiamo una grande squadra." Alex lo stava decisamente tenendo d'occhio.

John annuì. "Torna pure quando vuoi." Accompagnò Gage lungo la strada da cui erano arrivati. "Don Giovanni dovrebbe essere messo in acqua tra circa una settimana. E ci sono altre cose da vedere in questo posto: abbiamo una vasca di acqua salata per le tartarughe che sono più vicine alla guarigione."

"Tornerò."

Invece di attraversare l'edificio per uscire, Gage percorse il marciapiede che lo costeggiava e raggiunse la sua auto. Il suo passo era rapido e la sua mente lucida. Non era venuto su quell'isola per rinchiudersi, come aveva fatto negli ultimi giorni. Era venuto per scappare per un po' dal resto del mondo e per affrontare le emozioni provocategli dalla morte di suo padre, emozioni confuse che attendevano nel suo cuore dietro a una sottile tenda nera. Ma quel giorno, i suoi pensieri erano concentrati su una donna: Shar Sinclair. *E che donna.*

Gage premette sull'acceleratore e imboccò la strada, dirigendosi verso il resort.

Il vento gli sferzava i capelli e la sua camicia si gonfiò all'altezza del collo quando l'aria dell'isola lo abbracciò. La visione di una ragazza lo ispirava.

CAPITOLO QUATTRO

Erano quasi le tre di martedì pomeriggio quando Shar chiuse il computer e si alzò in piedi. "Ho appena finito di organizzare l'accoglienza per quel gruppo della Georgia e, a occhio e croce, sembra tutto a posto. E meno male, perché Sua Maestà la signora Albert Talbert mi sta facendo perdere la pazienza." Si mise a contare, sollevando un dito alla volta. "Primo strike, secondo strike, terzo strike! Sto per perdere la testa. Se quella donnetta del Sud dice ancora una volta 'che Dio ti benedica', potrebbe anche darsi che io la mandi a... Ehi, voi due, smettetela di ridere. Non è divertente." Fulminò con lo sguardo le sue sorelle, che non cercavano nemmeno di nascondere la loro ilarità.

"Beh, e tu smettila di fare tutti questi errori," la rimproverò Cali da dietro la protezione della sua scrivania.

Shar aggrottò le sopracciglia. "Non sono io a sbagliare. Quella donna ha chiamato ogni giorno da che ha prenotato e mi ha fornito informazioni errate. E poi sono *io* a 'fare' errori?" Shar mosse le dita per sottolineare la parola 'fare'.

"Che Dio ti benedica, cara," biascicò Cali, in una perfetta imitazione della signora Talbert. "L'ha detto anche a me, quando ha chiamato per prenotare. Stai facendo un ottimo lavoro, Shar. Sei stata cordiale e paziente. E per questo sono orgogliosa di te."

Il cipiglio di Shar si accentuò. "Ti comporti come se fosse qualcosa di sconvolgente. Io sono capace di essere paziente e cordiale," disse indignata. "Quando voglio. E la verità è che sono a tanto così," aggiunse, avvicinando pollice e indice fino quasi a congiungerli, "dal *non* volerlo più."

"L'avevamo intuito." Jillian ridacchiò.

"Beh, sorelle, tra un attimo farò una pausa. Ho chiamato un idraulico per riparare quella perdita che ho in casa e non voglio mancare all'appuntamento."

"Pensavo che fosse venuto la settimana scorsa," disse Jillian.

Shar inarcò un sopracciglio. "Ha cancellato l'appuntamento all'ultimo. Se voglio l'acqua corrente, mi tocca andare tutte le volte ad aprire la valvola principale. E credimi, sto cominciando a seccarmi."

"Perché non chiedi a Horace di venire a dare un'occhiata?" chiese Cali.

"Horace ha già il suo daffare a stare dietro a tutti i problemi di manutenzione del resort. Sistemerò quella perdita, anche se mi toccherà farlo da sola."

Cali pareva scettica. "Buona fortuna. Forse dovresti chiedere a papà o a uno dei nostri numerosissimi fratelli. Sono certa che uno di loro potrebbe farti questo favore."

Shar rise per quella battuta che potevano capire solo loro. Se c'era una cosa che avevano in abbondanza, erano fratelli e sorelle. Il clan Sinclair avrebbe potuto formare una squadra di baseball coi propri membri. "Me la cavo benissimo da sola, grazie." Lanciò un'occhiata all'orologio. "Ma si sta facendo tardi. Devo andare. Ah, andrò a ritirare i nostri vestiti alle dieci. Evviva!"

"Sono davvero entusiasta," disse Cali, la voce colma di gioia. "Buona fortuna con l'idraulico."

"Spero che tu ne abbia scelto uno buono," disse Jillian mentre Shar si dirigeva verso la porta.

"Lo spero anch'io." Shar salutò le sue sorelle, poi svoltò l'angolo e scese l'ampia scala a chiocciola che portava nella lobby. Aveva bisogno di un po' d'aria fresca e di risparmiarsi per un po' le telefonate della signora Albert Talbert. Arrivata a metà delle scale, rallentò. C'era un uomo nella lobby, intento a osservare il murale di Grant.

Il cuore di Shar mancò un battito – *d'accordo, parecchi battiti* – mentre lei continuava a scendere la scala e si dirigeva verso quell'uomo alto e dalla costituzione molto robusta.

"Qualcuno ha delle conoscenze importanti," mormorò sottovoce costui quando lei si avvicinò.

Shar avvertì uno strano svolazzare di farfalle nello

stomaco. "Mia sorella."

L'uomo si voltò di scatto e Shar quasi gemette quando quegli occhi che non era riuscita a dimenticare la trafissero col loro sguardo. Perse la voce. *Chi voleva prendere in giro? Non riusciva a respirare.*

"Ciao," disse l'uomo.

Quella semplice parola fece riprendere a battere freneticamente il cuore di Shar.

"Avevo immaginato che fossi tu." Gli sorrise, sperando con tutta se stessa che l'uomo non fosse in grado di udire il frastuono emesso del suo cuore. "Pensavo che mi sarebbe toccato darti la caccia per ringraziarti per avermi aiutata a salvare quella tartaruga di mare, ieri mattina."

"Davvero? Lieto di sapere che avevi intenzione di cercarmi. E sono felice di essere stato d'aiuto. Sei stata meravigliosa. Anzi, fantastica." L'uomo tese la mano. "Sono venuto a presentarmi. Mi chiamo Gage Lancaster."

Shar gli strinse la mano e le sue pulsazioni accelerarono alla velocità della luce, proprio come era accaduto il mattino prima. L'uomo non le lasciò andare subito la mano, ma trattenne le sue dita per un istante in più. "Anche tu sei stato grandioso," si costrinse a dire lei, cercando di farsi venire in mente una qualche risposta sarcastica come quelle che dava di solito; ma non le uscì nulla.

"Ho fatto un salto all'ospedale per controllare il paziente. John mi ha fatto fare un rapido tour. È davvero un luogo magnifico."

"È vero. Adoro dare una mano lì."

"Dunque la tua famiglia possiede questo resort. E tua sorella ha delle conoscenze." Gage lanciò un'occhiata al murale. "Devono essere conoscenze davvero buone se siete riuscite a ottenere questo."

Shar rise. "Sì, io e due delle mie sorelle gestiamo il resort. È mia sorella Cali ad avere le conoscenze: Grant è il suo fidanzato. Sei un ammiratore di Grant?"

"Sì, direi proprio che è un'ottima conoscenza." L'uomo sorrise e Shar avvertì un lieve giramento di testa. "Come si può non essere suoi ammiratori? Il suo lavoro è illuminante."

Shar cercò di concentrarsi su ciò che Gage stava dicendo e non sulla propria assurda e poco caratteristica reazione a quell'uomo. "Devi vedere gli altri due murali che ha dipinto," riuscì a dire, per poi trarre un respiro profondo. "Uno si trova all'esterno dell'edificio, rivolto verso la linea costiera. L'altro è accanto alla piscina."

Gage si sfregò la mascella; Shar avrebbe tanto voluto fare lo stesso.

"Hai tempo di farmi fare un giro?"

"Che cosa?" *Concentrati, donna, concentrati! E non sull'accarezzargli la mascella.*

"Un giro del resort," precisò lui, assumendo un'aria speranzosa.

Quella singola occhiata le fece venire voglia di dare buca all'idraulico. Sì, l'idraulico era fortunato anche solo per il fatto che lei si fosse ricordata di lui. E solo l'istinto di sopravvivenza di Shar le fece tornare in mente i tubi che perdevano. "Ehm, no. Ho… ho una cosa da fare," confessò con grande riluttanza.

Un sopracciglio marrone perfetto si inarcò. "Una cosa?"

"Ah-ah." Le sopracciglia di Shar si incontrarono. "Un impegno. Ho un impegno," balbettò.

"Che ne dici di uscire a cena, allora?" chiese Gage, senza perdere un solo istante.

"A cena? N-non posso. Ho… ho già dei piani per stasera." Qualcosa dentro di lei, probabilmente quello stesso istinto di sopravvivenza, le disse di resistere all'attrazione travolgente che provava verso quell'uomo.

Gage si portò una mano al cuore. "Mi sento respinto."

Era davvero carino *e* splendido. Shar rise; ciò la aiutò a perseverare e la fece sentire più a suo agio. "No, davvero, ho già un impegno." *Ma potresti cancellarlo… lasciare che i tubi perdano ancora per un giorno.*

Era molto tentata. "No," disse con maggiore fermezza. "Non posso."

L'uomo la osservò, probabilmente cercando di capire se lei lo stava davvero respingendo, ma senza avere il coraggio di dirglielo apertamente.

"Tu e Alex state insieme?"

Quella domanda era venuta fuori dal nulla. "Alex? Ehm, no. Cioè, non volevo dire… Voglio davvero bene ad Alex. È una persona a posto. Ma no, non sto con lui.”

“Buono a sapersi. Volevo solo avere le idee chiare. Che ne dici di uscire a pranzo domani?”

“Mi dispiace–”

“Ma hai già un impegno.”

“Ecco, sì.”

“A cena?”

“No.” Shar si morse il labbro. “Guarda, mi dispiace davvero, ma non posso. Detesto andare via di corsa, ma devo proprio scappare. Sono in ritardo. Dovresti vedere gli altri dipinti di Grant. Segui le indicazioni per la piscina, poi prendi la strada che porta alla spiaggia e voltati. Non puoi sbagliare. Grazie ancora per avermi aiutata a salvare la tartaruga.”

Shar aveva un po’ di nausea mentre fuggiva dall’edificio. *Perché gli aveva dato il benservito in quel modo? All’inferno l’istinto di sopravvivenza!* Era vero che aveva dei piani, ma avrebbe almeno potuto spiegargli quali fossero. Tuttavia… la verità era che guardare negli occhi Gage Lancaster le aveva fatto venire all’improvviso una paura mortale. Era come se sapesse che, se avesse dato inizio a qualcosa con lui, avrebbe corso il rischio di finirci dentro fino al collo... e non era sicura che sarebbe riuscita a rimanere a galla.

Gage era stato respinto. Osservò Shar mentre fuggiva. Era l'unica parola che gli venne in mente mentre la guardava uscire dalla struttura. Non aveva mai frequentato molte donne: era sempre stato sommerso dagli impegni e, nella maggior parte dei casi, le donne non erano state che una complicazione nel periodo in cui lui era stato sottoposto alla pressione di collaborare alla costruzione dell'impero desiderato da suo padre. Quando chiedeva a una donna di uscire, di solito quella coglieva la palla al balzo, anche perché sapeva chi lui fosse. La qual cosa non faceva che aggiungere ulteriori complicazioni. Ma Manhattan era molto lontana da Windswept Bay; da quelle parti, Gage era pressoché sconosciuto. O perlomeno, lo era rimasto fino a quel momento.

"Tu sei Benjamin Lancaster."

Dicevamo? Gage si voltò e vide una splendida donna snella con un pareo nero semitrasparente che lasciava intravedere un fisico spettacolare in un costume da bagno nero assai succinto.

"Sono io." Anche se era molto tentato di negare la sua vera identità.

La donna gli sorrise, un sorriso bianco e smagliante. "Ti ho visto sulla copertina di *Forbes*. Mi chiamo Gayle." Gli tese la mano. I suoi anelli di diamanti scintillavano come gli orecchini che portava.

"Piacere di conoscerti, Gayle. Mi dispiace, ma devo andare. È stato un piacere."

"Lo stesso vale per me. Rimarrò qui per tutta la settimana." La donna sbatté le ciglia finte.

"Ah, beh, fantastico. È una splendida isola." Gage uscì nella stessa direzione presa da Shar, costringendosi a camminare piuttosto che correre. Intravide la giovane allontanarsi alla guida di una Jeep gialla scoperta. I riccioli scuri di lei ondeggiavano nel vento mentre premeva sull'acceleratore e si affrettava lungo la strada.

Senza riuscire a trattenersi, Gage corse alla propria auto e si mise al volante. Quasi prima di aver finito di sedersi, aveva già avviato il motore della sua macchina sportiva. Guardandosi alle spalle, uscì in retromarcia, cambiò marcia e premette l'acceleratore. Le gomme stridettero mentre manovrava per imboccare la strada prima di tre altre auto che gli avrebbero impedito di mettersi dietro Shar se lui non avesse avuto una macchina tanto potente.

L'aveva quasi raggiunta quando ritrovò il senno. *Cosa stava facendo? Aveva perso la testa, per caso?* Sollevò il piede dall'acceleratore e rallentò; poi uscì di strada e fermò di colpo la macchina. Guardò il SUV giallo svanire dietro una curva. Trasse un respiro profondo. Sì, aveva perso la testa. *Cosa avrebbe pensato Shar se avesse scoperto che la stava seguendo?* Non era esattamente il modo migliore per fare una buona impressione. E lui voleva fare una buona impressione su Shar Sinclair.

Sentì suonare il cellulare; lo estrasse dalla tasca e vide che era Kym a chiamarlo. Gettò il telefono sul sedile accanto a lui. L'avrebbe richiamata lui, quando avrebbe voluto parlare con lei. In quel momento, doveva pensare alla mossa successiva per far sì che Shar Sinclair trascorresse del tempo in sua compagnia.

CAPITOLO CINQUE

Il cuore di Shar le batteva nel petto come un gruppo rock scatenato mentre accelerava lungo la strada. Non riusciva a credere di aver abbandonato quell'uomo nel bel mezzo del resort.

Gage. Le piaceva il suo nome. Gli stava bene. E lui era ancora più bello di quanto lei avesse creduto. I suoi occhi azzurri erano intensi… come lo era il modo in cui la guardava. Accentuò la presa sul volante, ripensando al modo in cui aveva reagito alla stretta di mano di lui. Il tocco dell'uomo era stato una saetta che l'aveva attraversata come una palla di fuoco. *Ah, quello sguardo.*

Rabbrividì al solo ripensarci. Sì, quelle sensazioni erano l'esatta ragione per cui si era data alla fuga.

Non aveva mai provato nulla di simile prima di allora… Quel colpo di fulmine. Quel calore. A volte, Shar era un po' troppo schietta e un po' troppo insistente – *d'accordo, molto insistente* – quando voleva qualcosa. Ma c'era una parte vulnerabile in lei. E tutta quell'emozione la spaventava terribilmente. Ma non intendeva lasciare che qualcuno venisse a conoscenza di quel dettaglio.

No, assolutamente.

Arrivata a casa, mise la macchina nel piccolo garage e controllò l'ora. Era in ritardo di dieci minuti e il furgone dell'idraulico non si vedeva da nessuna parte. Sospirò mentre apriva la porta ed entrava in casa.

"Rufus," chiamò; era strano che il suo piccolo meticcio non le fosse venuto incontro alla porta. "Rufus, vieni qui, bello. Dove sei?" chiamò nuovamente, una mezza risata nella voce. "Ti sei nascosto?"

Entrò in cucina e appoggiò le chiavi sul piano… poi vide due grosse impronte di scarpe sulle mattonelle del pavimento.

"No," disse con voce fioca, per poi girare su se stessa e passare lo sguardo nella stanza in cerca di eventuali segni della presenza di un intruso in casa. Mentre guardava, vide che la doppia porta che dava sulla veranda era aperta. Il suo cuore prese a pulsare in maniera completamente diversa rispetto al momento in cui, poco prima, aveva visto Gage. No, quello era un genere di adrenalina di cui avrebbe fatto volentieri a meno. Afferrò una pesante padella dalla rastrelliera e la impugnò come un'arma mentre girava attorno al bancone.

Un biglietto sul pavimento attirò la sua attenzione. Shar si chinò a raccogliere e vide che era dell'idraulico. Una rapida lettura le strappò un grugnito di fastidio e frustrazione. Quando avrebbe rivisto Albert Meeks, probabilmente gli avrebbe fatto del male. L'idraulico era arrivato in anticipo, aveva trovato la porta aperta ed era entrato. Per di più, non era nemmeno riuscito a trovare la perdita, dunque se n'era andato. *Alla faccia dell'appuntamento.* Nel frattempo, Rufus era scappato.

Il cagnolino, che Shar aveva adottato solo di recente, era ancora nervoso; probabilmente era uscito di casa e si stava nascondendo da qualche parte, spaventato.

Shar uscì di corsa nella veranda che dava sulla spiaggia quasi isolata e scese i gradini chiamando Rufus per nome. Quando il cane non rispose abbaiando o uscendo allo scoperto, Shar cominciò a preoccuparsi sul serio. Rientrò rapidamente in casa, prese il guinzaglio e corse di nuovo fuori per andare a cercare il cucciolo per il vicinato.

Shar aveva trovato Rufus nel canile locale e non era riuscita a lasciarlo lì. Era un cane davvero brutto, col pelo color marrone spento e ispido, e la testa grossa. Brutto, ma simpatico. Lei lo trovava dolce e adorabile. Doveva trovarlo.

Corse fino alla spiaggia, odiando il pensiero che il povero cucciolo si fosse perso. Guardò in entrambe le direzioni, nella speranza di trovare qualcosa che le suggerisse da dove cominciare le ricerche.

Era tardo pomeriggio e non c'era nessuno. Shar amava quella spiaggia, perché era molto riservata. La maggior parte delle case della zona erano proprietà di persone ricche che vi si recavano occasionalmente in vacanza; questo faceva sì che Shar avesse la spiaggia tutta per sé per la maggior parte del tempo, ma offriva anche a Rufus numerosi posti in cui nascondersi senza che nessuno avesse potuto vederlo. Le case non davano direttamente sulla spiaggia; erano state costruite per essere nascoste nel paesaggio ed erano tranquille e riservate. Mentre Shar osservava la spiaggia e cercava di decidere la direzione in cui dirigersi, il Castello di Vetro in fondo alla spiaggia attirò la sua attenzione. Era un po' un pugno in un occhio rispetto alle altre case, meno sgargianti, ma doveva essere lì che soggiornava Gage. Si era diretto in quella direzione quando era andato a prendere un coltello. Shar si avviò verso il Castello.

"Rufus," chiamò. "Qui, bello." Chiamò molte volte il cucciolo mentre passava da una casa all'altra. Ci stava mettendo una vita. C'erano venti case nascoste lungo quella spiaggia; era impossibile rendersi conto della loro esistenza, se non dopo aver percorso un sentiero e aver cercato tra cespugli e dune. Shar aveva fatto proprio quello nell'ultima ora, ma non aveva trovato tracce del suo cagnolino.

Sudando per il calore e per la rabbia, Shar decise che probabilmente avrebbe malmenato l'idraulico quando lo avrebbe trovato. Non solo l'uomo era entrato in casa sua senza permesso, ma aveva fatto scappare il suo cagnolino. Sì, Meeks avrebbe fatto meglio a nascondersi bene come lo stava facendo Rufus, se sapeva cos'era bene per lui.

Mettendo da parte la rabbia, Shar si diresse verso l'ultima casa lungo la striscia di sabbia e pregò che Rufus fosse lì.

Gage stava scaricando la spesa dalla macchina quando udì un guaito proveniente dai cespugli appena fuori dal suo garage. Aveva trascorso un'ora al negozio di alimentari dopo essere rinsavito e aver smesso di inseguire Shar in macchina. Decidere di comportarsi come una persona sana di mente e non come un pazzo innamorato era stata una buona idea.

Il guaito si ripeté. Gage appoggiò il sacchetto con la spesa sulla capote dell'auto e andò a investigare. Accovacciatosi, sbirciò nella siepe. Due grandi occhi scuri gli restituirono lo sguardo.

"Ehi, ciao, piccolino." Gage non credeva di aver mai visto un cane più brutto di quello, ma il poverino tremava da tanto aveva paura e il suo cuore si sciolse. "Vieni, vieni fuori," lo incoraggiò. Quando il cucciolo non si mosse, Gage allungò la mano e sperò che quello non lo mordesse. C'era un sacco di pelo, ma quando la sua mano si chiuse attorno al corpicino, scoprì che il piccolo era tutto pelle e ossa. Guardando la medaglietta attaccata al collare, Gage sorrise. "D'accordo, Rufus. Vieni dentro che chiamiamo il tuo padrone."

Essendosi ricordato della spesa e delle cose che andavano in frigorifero, Gage prese il sacchetto dalla capote e lo portò in cucina con una mano mentre Rufus si raggomitolava nell'incavo dell'altro suo braccio.

Appoggiò il sacchetto sul piano della cucina, aprì il frigorifero e vi mise dentro, latte, burro e alcune altre cose da tenere al fresco. Poi uscì a prendere il secondo sacchetto. Rufus era contento dove stava e non tremava più quanto prima, per cui Gage decise che avrebbe prima scaricato la spesa e poi chiamato il numero inciso sulla medaglietta. Pochi minuti dopo, chiuse lo sportello del frigo e abbassò lo sguardo: Rufus si era addormentato, la testa dal pelo ispido appoggiata sul suo braccio.

Preso il telefono, Gage uscì in terrazza e si lasciò cadere in poltrona. Il cane, che ora russava, si rotolò nell'incavo del suo braccio e perse completamente conoscenza, le zampe che andavano in tutte le direzioni, la pancia in aria.

Gage rise. "Rilassati pure, piccolino; fai come se fossi a casa tua."

Stava componendo il numero quando sentì qualcuno gridare. Smise di premere pulsanti sulla tastiera virtuale e si guardò attorno: Shar stava percorrendo la spiaggia.

"Rufus," chiamò la donna. La parola si ruppe nella brezza.

Gage balzò in piedi come reazione istantanea alla vista della donna. Il movimento svegliò Rufus; il cagnolino si mosse di soprassalto e abbaiò mentre cercava di girarsi tra le braccia di Gage. Riuscendo a malapena a trattenere l'animale improvvisamente iperattivo, Gage stava ridendo quando Shar lo vide. La giovane si fermò in mezzo alla sabbia e i due si fissarono attraverso la distanza che li separava. Il cuore di Gage era in un tumulto maggiore di quello di Rufus e subito lui scese i gradini verso di lei. Quella donna gli mozzava il fiato.

Rufus riprese ad abbaiare e cominciò a divincolarsi non appena vide la padrona. E forse era colpa del vento, ma fu subito evidente che, fino a quel momento, Shar non si era resa conto che Gage avesse in braccio il suo cane.

Quando ne se accorse spalancò gli occhi alla vista di Rufus. Subito la gioia le sbocciò sul viso e la donna attraversò di corsa la piccola striscia di sabbia che li separava. In vita sua, Gage non aveva mai creduto che un giorno avrebbe invidiato un cucciolo, ma così era. Avrebbe voluto che Shar vedesse lui, soltanto lui, e che reagisse con tutta quella gioia.

"Hai trovato Rufus!" Alla donna vennero le

lacrime agli occhi mentre prendeva dalle braccia di Gage il cucciolo ora agitato e rumoroso. "Povero piccolo, dovevi avere tanta paura." Shar abbracciò il cagnolino e lo sollevò in modo che i loro occhi fossero alla stessa altezza. "Non lascerò che accada mai più. Te lo prometto." Poi lo abbracciò di nuovo.

Gage, in vita sua, si era trovato in molte sale riunioni e nel bel mezzo di molte trattative difficili, ed era sempre riuscito ad assumere facilmente il controllo della situazione. Ma lì, in quel momento, non sapeva cosa fare. Inghiottì il groppo che gli era venuto in gola proprio mentre Shar sollevava lo sguardo degli occhi verdi umidi su di lui.

"Dove l'hai trovato? Era da un'ora che lo cercavo."

"Era tra i cespugli accanto al garage. Sono appena tornato a casa e l'ho trovato lì. Stavo chiamando il numero sul suo collare quando sei arrivata."

"Ti sono davvero grata. Oggi sarebbe dovuto venire a casa mia un idraulico; io sono arrivata in ritardo, ma quello è entrato in casa senza di me e ha lasciato la porta aperta." Negli occhi di Shar lampeggiò quel fuoco che Gage aveva già visto quando la giovane aveva cercato di liberare la tartaruga. "Rufus viene dal canile e, come puoi ben vedere, è molto nervoso. È scappato, probabilmente senza sapere dove stava andando, fino a quando non ha trovato il cespuglio giusto in cui nascondersi."

Gage sorrise. "Sono felice che l'abbia trovato vicino a casa mia."

"Anch'io. Ma il signor Meeks, l'idraulico, non sarà altrettanto contento quando andrò a trovarlo domani."

Shar aveva un bel caratterino, ma Gage non poteva biasimarla per il fatto di essere arrabbiata. Rufus ne aveva già passate tante e aveva rischiato che gli succedesse qualcosa di spiacevole. "È entrato così, come se niente fosse?"

"Sì. La porta della veranda era aperta. Mi ha lasciato un biglietto e qualche impronta prima di andarsene."

Gage si accigliò. Quel signor Meeks non gli piaceva per niente. "Credo che tu abbia bisogno di entrare o di sederti qua in terrazza e di rilassarsi per qualche minuto. Ti porto qualcosa da bere. Cosa gradisci?"

Shar tamburellò col piede sulla terrazza e si strinse Rufus al collo… e subito Gage iniziò a pensare di baciarla proprio lì. Trattenne un gemito. Era davvero perso.

"Del caffè sarebbe fantastico, se ne hai."

Gage sorrise. "Ottima scelta. Siediti qui; te lo porto subito. Oppure entra, se preferisci."

Shar parve pensierosa, poi accennò col capo alla casa. "A dire il vero, non sono mai stata nel Castello di Vetro. Mi piacerebbe vedere com'è dentro."

"Nel cosa?"

La giovane rise. "Il Castello di Vetro. Gli abitanti del posto l'hanno sempre chiamato così. È molto alto e c'è tanto vetro."

Gage guardò la struttura di tre piani, all'esterno della quale abbondavano grandi finestre. "Hai ragione. Capisco cosa intendi. È stata la mia assistente a prenderlo in affitto per mio conto." Le tenne aperta la porta. "Dopo di te e Rufus." Fece un grattino sulla testa del cucciolo quando Shar gli passò accanto.

Faticò a non prendere tra le dita una ciocca di quei capelli scuri. *D'accordo, aveva ufficialmente perso il senno.* Quella donna lo stava facendo impazzire senza far nulla, se non stargli vicino.

"Dimmi, questa spiaggia è sempre così deserta?" chiese per distrarsi da Shar. Girò attorno al bancone ed entrò in cucina.

Shar si mise in piedi in salotto. I raggi del sole tardo-pomeridiano la illuminarono attraverso la finestra alle sue spalle.

"Hai preso in affitto una casa in un luogo molto esclusivo. L'unica ragione per cui vivo in zona è che abito nella dependance di una delle altre case. I proprietari sono una coppia anziana che viene qui solo 'ogni tanto' in estate." Shar mosse le dita a mezz'aria per sottolineare il concetto. "Stavano cercando qualcuno che facesse da custode per la casa. Sono donatori dell'ospedale per le tartarughe di mare, per cui, quando mi hanno accennato alla cosa, io ho colto la palla al balzo."

"Sembra davvero un ottimo affare." E a lui andava decisamente a genio. Se non avesse dovuto andare a fare la spesa, forse avrebbe visto Shar in spiaggia ancora prima.

"Per me lo è. La maggior parte delle persone che hanno casa qui ci vengono raramente, per cui questa striscia di sabbia è probabilmente la più tranquilla sull'isola. Posso dirti con certezza che, al momento, tutte le case sono libere: ho appena finito di frugare in tutti i cespugli. È un miracolo che non abbia fatto scattare nessun allarme."

Gage ridacchiò. "Probabilmente sei stata fortunata."

"Mio fratello sarebbe rimasto sorpreso di arrivare con le sirene spiegate e trovarmi in mezzo ai cespugli."

Gage si fermò nell'atto di mettere il caffè macinato nella macchinetta. "Tuo fratello è poliziotto?"

"Uno dei miei fratelli, Levi, è il capo della polizia locale." La donna posò Rufus a terra e il cagnolino si mise subito a correre in giro per la stanza, annusando e guardandosi attorno. "Ho cinque fratelli."

Gage tossì. "Cinque. Hai cinque fratelli?"

Shar rise e si lasciò cadere sullo sgabello. "Sì. E tre sorelle."

"Wow."

La giovane rise. "Sono abituata a questo genere di reazione. Adoro la mia grande famiglia."

"Io sono figlio unico, per cui probabilmente sono cresciuto in un ambiente molto più tranquillo di quello in cui si cresciuta tu."

Shar sbuffò. "Oh, credimi, era una gabbia di matti. Cam, il nostro cowboy, era sempre impegnato a prendere al lasso qualcuno e Jake, lo scavezzacollo che – tra le altre cose – si è dato anche alle immersioni, faceva sempre venire una paura mortale a mia madre con le sue marachelle. Poi c'erano Levi, che ora è il capo della polizia, ma che da piccolo era un gran monello, e Max… insomma, sì, era un ambiente molto attivo. E poi c'eravamo io e le mie tre sorelle."

Gage assimilò le dimensioni della famiglia di lei. "Magari aspettiamo un attimo a invitarli qui. *Otto*," disse mentre prendeva atto del numero. "Hai otto tra fratelli e sorelle."

"Proprio così," disse Shar con un enfatico cenno del capo. "Non avrai qualcosa contro il numero otto, spero? O contro il nove, se contiamo anche la sottoscritta."

"No; il fatto è che, essendo figlio unico, si tratta di un numero davvero grande. Le riunioni di famiglia dovevano essere enormi."

Shar rise. "Lo sono ancora. E siccome tu sei figlio unico, sono sicura che fossero molto più rumorose di quelle della tua famiglia."

"È un bell'eufemismo. A dire il vero, ho cominciato molto presto ad andare in ufficio con mio padre. Mia madre morì dandomi alla luce. Sono stato cresciuto da una serie di bambinaie, perlomeno fino a quando non ho fatto scappare l'ultima quando avevo dieci anni. A quel punto, mio padre ha cominciato a portarmi in ufficio con lui."

Shar parve triste. "Mi dispiace per tua madre. Non riesco a immaginare di non avere la mia."

"Ce la siamo cavata lo stesso."

"Dopo che hai terrorizzato chissà quante povere bambinaie." La giovane rise. "Dovevi essere terribile."

"Ehi, guarda che mi offendo. Ero un bambino curioso che voleva trascorrere più tempo con suo padre, il quale era quasi sempre al lavoro."

"Insomma, sapevi quello che stavi facendo."

"Ci speravo. Tutto quello che so è che, quando ero

tra una bambinaia e l'altra, potevo andare in ufficio. Per me, quello era un posto magico. Vedevo mio padre e le segretarie mi portavano tutto quello che volevo. Non c'era niente di meglio."

Shar lo osservò. "Andavi in ufficio a dieci anni. Ora voglio saperne di più. A me sembra una cosa terribile. Io ho ventisei anni e, se non fosse per il fatto che condivido l'ufficio con le mie sorelle e che, tendenzialmente, loro mi lasciano fare le mie cose quando voglio, credo proprio che sarei schizzata. Una vita di lavoro d'ufficio a tempo pieno non è per me."

Gage le sorrise e, all'istante, Shar strinse gli occhi. "Cosa c'è di divertente?"

"Credo che tu già lo sappia." Quella donna non era solo bellissima, coraggiosa e appassionata… era anche carina. Era una combinazione irresistibile. "Credo che tu preferisca correre in giro col tuo mantello di supereroe."

Shar parve confusa. "Il mio che?" Poi rise.

Quel suono vorticò nel petto di Gage, che non riuscì a resistervi.

CAPITOLO SEI

"Credo che tu sia il supereroe locale. Dopo aver parlato con quelli dell'ospedale, mi sono reso conto che non hai trovato Don Giovanni per caso. Eri in cerca di tartarughe, come capita spesso."

Shar gli vorticava nel petto come una canzone che non voleva saperne di uscirgli dalla testa.

"Sei stato tu l'eroe, in quel caso." Le tornò in mente il momento in cui Gage era uscito dall'acqua e le si asciugò la bocca.

"Ehi, io ho solo dato una mano. L'eroe sei stata tu. E stando a quanto mi hanno detto oggi Alex e John, trovare e proteggere le tartarughe di mare è una tua attività quotidiana. Oltre che adottare cagnolini."

Imbarazzata da tutti quei complimenti, Shar si alzò in piedi. "Voglio solo essere d'aiuto."

Gage sostenne il suo sguardo e lei si sentì commossa dalle sue lodi. "Credo che adesso prenderò il mio cane e me ne andrò a casa."

"E il caffè?" Gage girò attorno al bancone. "Mi piacerebbe che tu rimanessi. Stavo per preparare la cena. E poi, non hai ancora visto la casa. So che sembro disperato," disse con aria un po' imbarazzata. "La verità è che lo sono. So che hai detto di avere altri piani, ma non conosco nessuno in città e pensavo, ora che mi conosci un po' meglio, che forse i tuoi piani avrebbero potuto cambiare."

Oh, eccome. Shar cercò di non badare alla sua voce interiore. "Beh, a voler essere onesti, l'impegno più grosso era quello con l'idraulico. E considerato che lui mi ha dato buca *e* ha fatto scappare il mio cane, direi che non è andata esattamente come speravo."

Gage rise per la battuta. "Direi di no."

"E se proprio vuoi saperlo, la mia cena sarebbero

stati un panino col burro di arachidi e un bicchiere d'acqua."

Dunque non doveva vedere un ragazzo. L'umore di Gage migliorò enormemente. "Allora lascia che ti salvi da quel sandwich e speriamo di migliorarti la giornata. Che ne dici?"

"Lo hai già fatto trovando Rufus."

"In tal caso, concedimi la tua compagnia a cena come ricompensa."

"Ah! Non mi sembra una grandissima ricompensa, ma d'accordo."

"Perfetto. Ti avviso che non sono un cuoco eccezionale, ma qualcosa riesco a farla. Tuttavia, non garantisco che non ci toccherà ricorrere al burro di arachidi… senonché non ne ho in casa."

Shar fece un gran sorriso. "Ce la caveremo. Nemmeno io sono molto brava in cucina, ma scommetto che tra tutti e due riusciremo a mettere insieme qualcosa."

Gage avvertì l'impulso di prenderla tra le braccia e

dirle che loro due, insieme, avrebbero potuto farne parecchie, di cose. Invece si costrinse a tornare in cucina. "Credo proprio che ce la caveremo."

La donna gli sorrise. "Sei ottimista. Mi piace." Entrò in cucina e aprì l'acqua, per poi lavarsi le mani. "Solo una cosa: non benedirmi, per favore."

Gage rise. "Sembra che ci sia una storia dietro."

"Sì che c'è."

"Raccontamela, allora. Sono tutto orecchi."

CAPITOLO SETTE

Un'ora dopo, mentre il pollo alla Alfredo cuoceva lentamente nel forno, Shar si guardò attorno e rise. "Wow. Non riesco a credere che abbiamo combinato tutto questo casino. Mi ricorda la prima volta che i miei fratelli, le mie sorelle e io decidemmo di preparare la colazione alla mamma per la Festa della Mamma. Le ci vollero due giorni per sistemare tutto."

Gage prese una padella sporca prima che potesse farlo lei. "Dev'essere una gran donna per aver cresciuto tanti figli."

Shar sospirò. "È la migliore. Ma… non so. A volte

mi chiedo cosa avrebbe potuto fare nella vita se non avesse avuto così tanti bambini. La sua intera vita è stata incentrata su mio padre e su di noi. Anzi, lo è ancora." Tese la mano per farsi dare la padella, ma lui non gliela diede.

"Credi che tua madre abbia dei rimpianti?" Gage mise la padella sotto l'acqua corrente.

Il braccio dell'uomo sfiorò quello di Shar, mandando un brivido di piacere ed elettricità attraverso il corpo di lei. "Oh, no, non volevo dire questo." Cercò di non lasciare che il modo in cui lui la faceva sentire la spingesse a fare o dire qualcosa di ridicolo… *come ad esempio "Baciami ora."* Ignorò la fastidiosa voce nella sua testa e aprì la lavastoviglie.

"No, ci penso io." Gage allungò il braccio da dietro le sue spalle per mettere la padella nel cestello superiore della lavastoviglie. Il movimento lo avvicinò molto a lei. Il cuore in tumulto di Shar le andò a sbattere contro la gabbia toracica.

Gage le passò lo sguardo sul viso e ciò spedì il cuore di Shar nella stratosfera. Il rumore dell'orologio sul muro pareva amplificato: il suo ticchettio era l'unico suono nella stanza.

Poi lui la circondò con le braccia.

Subito il sangue di Shar prese a scorrerle nelle vene alla velocità esplosiva di un razzo in partenza per lo spazio. Lei non riuscì a respirare quando guardò negli occhi azzurrissimi di Gage. Le braccia dell'uomo erano forti attorno a lei.

"È da quando ci siamo conosciuti che volevo abbracciarti."

"Oh," ansimò tremante lei mentre lo sguardo degli occhi azzurri dell'uomo si spostava dalla sua espressione sconcertata alle sue labbra. Le ginocchia di Shar si sciolsero come burro nel microonde. *Santo cielo...* Shar non era il tipo da innervosirsi facilmente; non lo era... eppure...

"Sei bellissima, sai?" mormorò Gage; dopodiché abbassò la testa e la baciò.

Oh, oh... Shar sospirò mentre le sue braccia si avvolgevano automaticamente attorno al collo dell'uomo. Il bacio di Gage era potente, come onde che si schiantavano e scivolavano fino a riva, per poi ritrarsi e mescolarsi all'onda successiva. Le sue dita si strinsero sulle spalle di lui mentre Gage si avvicinava, spingendola contro il piano della cucina approfondendo il bacio. In quel momento non c'erano che la sensazione delle labbra di lui contro le sue e la forza del suo abbraccio mentre lei rispondeva con entusiasmo al bacio… ma all'improvviso le onde che Shar avvertiva divennero reali quando l'acqua calda si riversò fuori dal lavandino, inzuppandola.

Shar emise un grido stridulo, poi rise mentre rompeva il bacio. "L'acqua dei piatti." Rise, staccandosi da Gage, e chiuse l'acqua.

Anche Gage scoppiò a ridere prima di tirare fuori alcuni stracci da un cassetto e chinarsi a pulire.

"E noi che pensavamo di aver già combinato un disastro." L'uomo rise mentre cominciava ad asciugare l'acqua.

Mentre Gage puliva il pavimento, Shar infilò una mano nell'acqua saponata e trovò il tappo. Non riusciva a smettere di ridere. "Non c'è nulla come infradiciarsi per rovinare un momento." Rise. *O per spegnere un fuoco.*

"Mi dispiace." Chino ad asciugare il pavimento,

Gage sollevò lo sguardo. "Sei tutta bagnata." Balzò in piedi e uscì dalla cucina. "Aspetta; vado a prendere un asciugamano."

Nell'attesa, Shar diede una pulita al piano della cucina, lieta di avere un momento per ricomporsi. Quando rientrò nella stanza, Gage aveva in mano un morbido asciugamano bianco. Glielo porse sorridendo.

"Mi dispiace tanto."

"Nessun problema." Shar prese l'asciugamano e se lo avvolse attorno alla vita. "Mi asciugherò in men che non si dica."

"Se vuoi posso prestarti una delle mie tute da corsa. Ti starebbe larga, ma perlomeno saresti asciutta."

"No, davvero, va bene così. Questo asciugamano mi asciugherà subito." Sentendosi più nervosa di quanto fosse abituata, Shar si tenne stretto l'asciugamano come se fosse stato un'ancora di salvezza.

Lui la osservò con aria perplessa. "Se lo dici tu. Mangiamo in terrazza: così sarà ancora meglio."

"Ottima idea."

"Poi, quando avremo finito di mangiare, ti accompagnerò a casa e tornerò a lavare i piatti." Gage ridacchiò mentre tirava fuori la casseruola dal forno e la appoggiava sopra ai fornelli. "Devo dire che il profumo è delizioso. Forse non saremo costretti a mangiare il tuo burro d'arachidi questa sera."

Shar sapeva che, in quel momento, cosa avrebbero mangiato non avrebbe avuto importanza: non avrebbe sentito il sapore di nulla, perché non riusciva a pensare ad altro che a Gage e alla sensazione delle labbra di lui contro le sue.

Qualche minuto dopo, i due portarono fuori i piatti, seguiti da Rufus. Il cane zampettò fino al limite della terrazza e si mise a guardare l'oceano.

"Non pensarci nemmeno a scappare." Shar appoggiò il piatto sul tavolo. Come se sapesse che stava parlando con lui, Rufus voltò la testa irsuta nella sua direzione e rizzò le orecchie. "Sì, hai capito bene."

"Scappa spesso?" Gage si sedette di fronte a lei.

"No. Ce l'ho solo da due settimane, ma non era

mai scappato. Credo che oggi, dato che è entrato un estraneo in casa, Rufus sia scappato subito oppure si sia nascosto e, quando l'idraulico è andato via, abbia trovato la porta aperta e sia uscito a esplorare."

"Credo si sia reso conto subito dopo essersi perso di sentire la tua mancanza."

Rufus tornò da lei, si sedette sul suo piede e osservò l'oceano da quel punto di vista. Shar ebbe una stretta al cuore e allungò una mano per fargli un grattino tra le orecchie. "Di certo io sentivo la sua. Mi ha fatto paura. In tutta onestà, tendo a essere una persona piuttosto distaccata. Rufus è il primo animale domestico che prendo da tanto tempo."

"Davvero? Pensavo che ne avessi avuti parecchi."

Shar scosse la testa e si mise a giocherellare con l'insalata. "No. Alle superiori avevo un cocker spaniel femmina a cui volevo un mondo di bene. Quando è morta, ci sono rimasta troppo male. Da allora non sono più riuscita a prendere un animale tutto mio."

Gage parve confuso. "Le volevi davvero bene."

"Si chiamava Dolly. E sì, gliene volevo tantissimo. Non voglio più soffrire così. Mi rendo conto che, prima o poi, perderò qualcuno a cui voglio bene e che non posso farci nulla. Ma almeno per quanto riguarda gli animali, non sono obbligata a sottopormi a quel genere di sofferenza. Per cui do in adozione quelli che trovo, tramite associazioni affidabili. Ma un giorno ho visto Rufus e mi sono resa conto che aveva bisogno di qualcuno.”

“Per cui lo hai adottato.”

“C’era qualcosa, in lui, che mi ha impedito di fare altrimenti. Ho capito subito che eravamo fatti l’uno per l’altra.”

Ripresero a mangiare in silenzio, ascoltando le onde e godendosi la brezza.

“Hai mai avuto la sensazione che tu e un uomo foste fatti l’uno per l’altra?”

La domanda la spinse a bere un sorso di tè. “No,” disse, sperando di suonare convincente. Perché la verità era che provava quella sensazione nei confronti di Gage. E lo conosceva a malapena.

Ma del resto, anche con Rufus le era bastata un’occhiata per rendersi conto di come stessero le cose.

"Allora, cosa ci fai qui?" chiese Shar più tardi, dopo che avevano finito di mangiare e mentre Gage la accompagnava a casa.

La luna era alta nel cielo e brillava sull'acqua come un faro celeste; Gage avvertì la magia della serata. Quella mattina, quando era andato a cercare Shar all'ospedale delle tartarughe, non si sarebbe mai sognato che la giornata si sarebbe conclusa con una cena con lei e una passeggiata al chiaro di luna lungo la spiaggia dove si erano conosciuti.

"Senti?" chiese, ignorando deliberatamente la domanda. "Sembra una melodia." Si fermò ad ascoltare le onde e il vento; da qualche parte, da una delle case lungo la spiaggia, giunse il suono caratteristico di alcune campanelle a vento. Esso si mescolava coi suoni dell'oceano e della brezza, creando una romantica sinfonia.

"Io la chiamo 'Canzone del Vento'." Shar si fermò ad ascoltare.

Gage la osservò. "Mi piace."

"Anche a me. Sembra la canzone d'amore della natura."

Gage le sorrise e resistette al desiderio di prenderla tra le braccia. "Questo mi piace ancora di più."

"Allora," disse lentamente Shar, guardando Gage mentre questi faceva un passo verso di lei. "Come mai sei qui sulla nostra isola? Sei in vacanza?"

"No, mi sto nascondendo." Ed era vero.

"Da cosa?"

"Dalla mia vita, credo." Shar doveva pensare che fosse pazzo.

"E come mai?"

"Mio padre è morto otto giorni fa."

"Oh," gemette lei. "Mi dispiace tantissimo. Ti faccio le mie condoglianze."

In quel momento, Gage si rese conto che fino ad allora si era nascosto da tutto: dalla morte di suo padre, dalla vita per la quale era stato cresciuto, dalla vita che non aveva mai vissuto. E nel guardare Shar, si ritrovava a pensare alla possibilità di una vita che non aveva mai sognato… una vita con lei. Sapeva che era un modo di pensare completamente irrazionale, ma era quello che stava pensando e non poteva farci nulla.

"Grazie." La osservò, incapace di distogliere lo sguardo da lei. "Mio padre pensava solo al lavoro. Passava continuamente da un grosso affare all'altro. Per quanto ne sappia io, non ha mai rallentato il passo. E io ho mantenuto il suo ritmo. Subito dopo il funerale, sono salito sull'aereo della compagnia e sono andato a Londra, dove alcuni soci in affari mi attendevano per stipulare un accordo. Ma alla fine mi sono fatto riportare negli Stati Uniti e ho chiesto alla mia assistente di trovarmi un posto dove sparire per qualche giorno. O per qualche settimana."

"Ed eccoti qua. Proprio dove hai bisogno di essere. Dovevi fare una pausa dopo il funerale di tuo padre. Non riesco a credere che tu sia partito il giorno stesso per volare oltreoceano. Ti serviva una pausa. Del tempo per affrontare il lutto." Gli occhi di Shar mandavano lampi.

"Sembra proprio che tu sappia di cosa stai parlando."

"L'anno scorso ho perso mia nonna; per giorni, è stato difficile fare qualunque cosa. Eravamo molto vicine. Il dolore ha bisogno di tempo."

Gage si passò una mano tra i capelli. "Già. Pensavo che tirare avanti come avrebbe voluto lui fosse la scelta migliore."

"Io penso che tirare avanti come *tu* avevi bisogno di fare sia e fosse la scelta migliore. E Windswept Bay è un buon posto dove rifugiarsi e lasciare che il cuore guarisca."

"Credo che tu abbia ragione." Gage riprese a camminare e lei gli si affiancò. Rufus corse davanti a loro, poi tornò indietro e girò loro attorno prima di mettersi a inseguire un'onda che si ritirava.

"Ecco casa mia." Shar indicò alcune finestre illuminate e, insieme, i due si diressero attraverso la sabbia e verso la luce. "Allora, chi sei esattamente, Gage?" chiese quando furono arrivati alla sua veranda.

"Sono soltanto un tizio che lavora in una grande azienda."

La donna lo osservò. "No… chi sei veramente?"

Gage avrebbe voluto essere onesto con lei; ma, e se la conoscenza della sua vera identità avesse cambiato il modo in cui Shar lo vedeva? Il suo modo di comportarsi nei confronti di lui? C'erano dozzine di donne attratte dal suo nome e dal suo denaro, che lo vedevano come una scorciatoia per la bella vita. Lui aveva avuto quella sensazione al resort, quando aveva incrociato nella lobby quella donna di cui aveva già dimenticato il nome. Mentre non avrebbe mai dimenticato il nome di Shar.

"Sono Benjamin Gage Lancaster, delle Lancaster Industries."

"Lancaster Industries? Mi suona familiare."

"Ogni tanto i media parlano di noi."

Shar osservò attentamente. E Gage pensò che, forse, avrebbe fatto meglio a non dirle nulla.

La donna spalancò gli occhi. "Ma certo. Eri sulla copertina di una di quelle riviste di economia," disse stupefatta. "Non l'ho letta, ma ho notato la tua foto."

"Mi avevano intervistato."

"Non avevi la barba lunga su quella copertina." Gli occhi di Shar luccicarono alla luce della luna.

Gage rise, avvertendo la tensione che si allentava leggermente. "No, ero rasato e intrappolato in giacca, cravatta e scarpe formali. I vestiti che ho adesso li ho comprati in un negozio dell'aeroporto. Comprese le infradito e le scarpe da barca."

"Questo spiega la maglietta con scritto *I Love Florida*."

Gage si tirò la maglietta. "Cos'è, non ti piacciono le palme e la Florida?"

Shar sorrise. "Oh, no, mi piacciono tantissimo." Il suo sorriso svanì. "E così hai appena perso tuo padre. Mi dispiace. Non riesco a immaginare un mondo senza il mio. Come è successo?"

La mano di Gage si strinse attorno alla ringhiera della veranda. Shar aveva liquidato in poche parole l'articolo su *Forbes* ed era passata immediatamente a esprimere solidarietà per la sua perdita. Inaspettatamente, gli venne un groppo alla gola. Dovette schiarirsi la voce prima di parlare. "Ha avuto un grave attacco di cuore durante una riunione. È morto sul colpo. L'ho sepolto tre giorni dopo."

"Mi dispiace. Che tipo era?" chiese la giovane, con gentilezza e sorridendogli in maniera incoraggiante.

Quella domanda colse Gage un po' alla sprovvista. "Era... era un uomo importante, competitivo.

Determinato. Mi ha insegnato tutto quello che so. Ha avuto molto successo.”

“Fin lì c’ero arrivata da sola.” Shar lo guardò in maniera strana. “Hai parlato di lui solo in termini professionali. Com’era quando non lavorava?”

“Lavorava sempre. E mi ha insegnato a lavorare sempre.” Gage non mancò di notare le ombre che apparvero negli occhi di lei. “Come ho già detto, sono partito dal suo funerale per andare a chiudere un accordo dall’altra parte dell’oceano. Era quello che avrebbe voluto lui. Ma alla fine sono tornato negli Stati Uniti per trascorrere un po’ di tempo da solo.”

“Hai fatto bene. Sicuramente starai soffrendo. Sei in lutto. Non saresti dovuto tornare al lavoro.”

“Avevo preso degli impegni. E mio padre è sempre stato molto ligio al dovere.”

“Tuo padre è morto. Hai il diritto di piangerlo.”

Gage la fissò; la donna aveva riecheggiato quello che lui stesso aveva detto a Kym. “C’è anche dell’altro. Mi sono reso conto di non voler vivere una vita dove l’unica cosa importante sono il lavoro e gli impegni. Non ho mai preso una vacanza. Sono stato in alcuni dei luoghi più belli al mondo, ma li ho sempre visti da dietro la finestra di un albergo, dal finestrino di una macchina e dalla vetrata di una sala riunioni." Si voltò verso di lei. "Poi ho conosciuto te. Tu hai delle passioni, sei vivace, entusiasta e amorevole."

Shar era in piedi sul primo gradino e lui su quello sotto, il che poneva i loro occhi sullo stesso livello. Gage si allungò verso di lei e Shar si mise tra le sue braccia, dapprima con una certa esitazione. "Tu mi attrai come nient'altro ha mai fatto." L'adrenalina esplose quando la ebbe tra le braccia. Sapeva che stava andando troppo in fretta, ma in vita sua non aveva mai provato una passione come quella che provava per Shar. Ed era difficile trattenersi.

La donna lo circondò con le braccia e lo abbracciò forte. Gage avvertì il cuore di lei battere con violenza contro il suo. La tenne stretta. Rimasero così per un lungo istante, il suono dell'oceano alle loro spalle e la luce della luna tutto attorno.

Un attimo dopo, Shar si allontanò dal suo braccio. "Non hai mai fatto una vacanza?"

"Mai. Prima d'ora."

"È davvero triste. Dobbiamo farci qualcosa. Domani mattina devo alzarmi presto e avrò una giornata impegnativa. Cosa fai alle cinque e mezza di mattina?"

Gage strinse gli occhi. "Non lo so... Perché?"

"Io vado a cercare nidi di tartaruga tutte le mattine. Cerco di uscire all'alba, prima che ci sia troppa gente in giro. Puoi venire anche tu, se vuoi."

"Lo voglio," disse Gage senza esitare. Poi la riprese tra le braccia e portò le labbra alle sue. Il sapore del salmastro sulla bocca di Shar era un promemoria del fatto che Gage si trovava in un luogo tropicale durante una serata magica. Fu un bacio rapido; lui non si fidava delle emozioni che rischiavano di sopraffarlo.

"Buona notte," disse con voce roca.

Shar annuì e indietreggiò, abbandonando il suo braccio e voltandosi verso la porta. Estrasse una chiave dalla tasca e fece scattare rapidamente la serratura. Rufus corse in casa, come se fosse felicissimo di essere tornato lì.

"Gage." Shar si voltò di nuovo verso di lui. "Non sto cercando una relazione. Non voglio nulla di serio."

Quelle parole non lo sorpresero. Gage ne aveva già avuto sentore. E fino a un certo punto, capiva. Le prese il mento in mano. "Una cosa alla volta," disse. "Ci vediamo domani mattina."

Poi se ne andò, ripercorrendo la strada da cui erano venuti. Senza dare a Shar la possibilità di aggiungere altro.

CAPITOLO OTTO

Shar non riusciva a pensare lucidamente mentre guardava Gage svanire al di là della sabbia. Ogni fibra del suo corpo vibrava di una canzone felice per i baci che lui le aveva dato; sentiva ancora l'eco dell'ultimo. Si portò senza volerlo le dita alle labbra, come se toccandosi dove lui l'aveva baciata potesse trattenere le emozioni che Gage aveva suscitato in lei.

Non stava cercando una relazione. No.

Ma... era in grado di arrestare i sentimenti che lui le faceva provare?

Dopo aver chiuso la porta a chiave, si costrinse a

smettere di guardare la spiaggia dove Gage si era trovato fino a poco prima e si diresse verso la sua stanza a prepararsi per la notte.

Gage aveva perso il padre e non era mai andato in vacanza, nonostante fosse palesemente molto ricco. La vita non era soltanto lavoro.

Il padre di Shar aveva sempre lavorato molto al resort quando lei era piccola, ma aveva anche trovato il tempo per lei, per i suoi fratelli e le sue sorelle. Esisteva un equilibrio ed era palese che il padre di Gage non lo aveva trovato. E nemmeno lo stesso Gage.

La sola idea l'aveva sconvolta, pur non impedendole di invitare Gage a una delle sue escursioni di prima mattina. Era chiaro che lui non se ne rendeva conto, ma quell'uomo aveva bisogno di vivere un po'. E lei non riusciva a trattenersi dal mostrargli ciò che si era perso. Le piacevano i salvataggi… e non riusciva a togliersi dalla testa l'idea che Gage Lancaster avesse bisogno di essere salvato.

Il fatto che la attraesse come nient'altro era un 'di più' interessante, che lei non poteva ignorare. Avrebbe semplicemente dovuto fargli capire subito che non era il tipo da mettere radici.

No. Non lei. E tuttavia, non poteva negare che non vedeva l'ora che arrivasse l'alba.

Quando Shar fermò la macchina fuori dalla casa di Gage, il mattino dopo, lui la stava aspettando sulla veranda dell'enorme edificio. L'uomo corse verso la macchina e il cuore di lei mancò una serie di battiti; aveva atteso con ansia quel momento persino nelle poche ore che era riuscita a dedicare al sonno.

"Sono ore che aspetto di rivederti." Gage prese posto accanto a lei e, prima che Shar potesse reagire, si sporse verso di lei e le schioccò un bacio sulle labbra.

Una protesta nacque in fondo alla mente di Shar, ma l'euforia generata dal contatto con Gage la seppellì nella gioia che la colmò. "È stata una notte breve," riuscì a dire lei mentre l'uomo si rilassava sul sedile e le sorrideva.

"Per me è troppo lunga," disse Gage. "Sono pronto a vedere l'alba con te."

Non capitava spesso che Shar rimanesse senza

parole, ma era una di quelle occasioni. Non riuscendo a formulare una risposta sensata, si mise a guidare. Alla fine, le vennero in mente delle parole. "Sarà una splendida alba. Te lo garantisco. Stiamo andando in una delle mie spiagge preferite, dalla parte opposta dell'isola. Da questa parte il sole tramonta; dall'altra, sorge."

"Suona bene. È lontano?"

"Niente è lontano su quest'isola." Mentre guidava, Shar cominciò a riprendersi.

"Comincio a rendermene conto. Qui è molto diverso rispetto a Manhattan. Certo, là puoi andare dove vuoi in taxi, ma non è mai facile, col traffico che c'è."

Shar rise. "Non sono mai stata a New York. Non credo che mi piacerebbe."

"Sicuramente è molto diversa da questo posto, ma ha il suo fascino. Un giorno devi venire a visitarla. Ti farò vedere tutto."

Shar lo guardò. "Questo significa che rallenterai i tuoi ritmi e ti svagherai un po' di più rispetto al passato?"

Gage parve pensieroso. "Ho riflettuto e ho deciso di apportare alcuni cambiamenti alla mia vita."

Per un qualche motivo del quale lei non era esattamente sicura, le parole dell'uomo la fecero sentire triste e felice al tempo stesso. "Bene. Sono contenta."

"Ma ora voglio godermi l'alba e cercare covate insieme a te."

Quelle parole scatenarono un vortice nel profondo dello stomaco di Shar. "Suona bene. Te lo meriti."

Quando arrivarono alla spiaggia, la sottile linea rossa dell'alba aveva appena cominciato a fare capolino dall'orizzonte. Shar parcheggiò la macchina. "Prendiamo l'attrezzatura e andiamo," disse.

"Fammi strada." Gage la raggiunse vicino al bagagliaio della macchina.

Pochi attimi dopo stavano correndo a passo leggero sul bordo dell'acqua, diretti verso il sole che sorgeva. Le onde gentili lambivano la sabbia a pochi passi da loro. La falcata di Gage era più ampia di quella di Shar, ma l'uomo teneva il passo di lei.

"Tendenzialmente mi limito a cercare i solchi

tracciati dalle tartarughe che escono dall'acqua. Di solito è impossibile non notarli. Poi evidenzio il punto in cui si trovano le uova; questo avverte i curiosi che devono tenersi lontani."

Quel giorno, Shar si era messa in spalla uno zaino che conteneva delle bandierine e del nastro giallo, utilizzati per informare le persone che dovevano mantenere le distanze da una certa zona. L'ultima volta aveva commesso l'errore di non portarlo con sé quando era andata in spiaggia e si era ritrovata ad aver bisogno di un coltello.

"Dunque è questo che fai tutte le mattine?"

"Tutte le mattine. Ho bisogno di fare esercizio, per cui i due hobby si abbinano alla perfezione."

"Quando si dice il multitasking." Gage sorrise a trentadue denti. "Ehi, guarda." Indicò alcuni solchi visibili più in là nella luce fioca del mattino.

"Esatto, stiamo cercando proprio quelli," disse Shar, felice che l'uomo avesse notato i segni per primo. Era stata leggermente distratta da lui. "Avevo la sensazione che questa sarebbe stata una giornata fortunata."

"Dunque non ne trovi tutti i giorni?" chiese lui.

Shar si tolse lo zaino e ne estrasse un paio di bandierine rosse, che porse a Gage. "Prendi queste; le infileremo nel terreno su entrambi i lati della buca. No, da sola non riesco a guardare dappertutto. Ma a volte qualcuno trova una covata e ci avverte. È solo che a me piace trovarle per conto mio."

Gage sorrise. "Ti capisco benissimo."

Shar percepì l'entusiasmo nella sua voce ed ebbe la sensazione che lui la capisse davvero. Lo stesso non poteva dirsi di tutti coloro che avessero mai fatto parte della sua vita.

Tirò fuori un blocchetto per gli appunti e prese nota della posizione del nido; poi prese tre aste di legno dallo zaino, ciascuna lunga circa mezzo metro, e le diede a Gage. Per ultimo estrasse un volantino che chiedeva alle persone di stare alla larga e di non toccare il nido della tartaruga di mare.

In pochi istanti i due ebbero infilato i tre paletti di legno nel terreno attorno al nido e teso il nastro tra l'uno e l'altro, creando una barriera protettiva.

"Il nostro compito è finito. E appena prima del

sorgere del sole."

Gage sollevò lo zaino da terra e se lo mise in spalla. "Questo lo porto io. Mi ero dimenticato dell'alba." Sorrise.

"Anch'io. Vieni."

Shar corse per una breve distanza fino a una roccia piatta grande abbastanza per tutti e due. "Adoro guardare l'alba da qui."

Sedettero l'uno accanto all'altra sulla roccia, le braccia che si sfioravano. Si stavano malapena toccando, e tuttavia Shar non si era mai sentita così in sintonia con un'altra persona in vita sua.

"È stato fantastico," disse più tardi Gage, mentre scendeva dall'auto di fronte a casa sua.

"Anche per me. Oggi hai aiutato una creatura che rischia l'estinzione. Ciascuna di quelle che salviamo è una in più che può portare avanti la specie."

Gage aveva capito. Ma la vera rivelazione era stata vedere le uova. "Capisco quello che stai facendo, Shar. Credo proprio che potrei appassionarmi anch'io."

La donna gli sorrise. Nei suoi occhi brillava l'entusiasmo e ora lui capiva anche quello; comprendeva la determinazione di lei e la sua gioia quando aveva trovato il nido.

Anche lui avrebbe potuto sviluppare quell'ossessione. Si chiese se suo padre avesse provato lo stesso sentimento per quanto riguardava gli affari. Gage non aveva mai avvertito quel genere d'impulso, quella passione divorante… non prima di conoscere Shar. Non prima di aver visto la passione di lei e di essersi chiesto come sarebbe stato essere oggetto di quella passione. Un giorno, qualcuno sarebbe stato un uomo fortunato. Shar Sinclair era una donna speciale.

"Ci vediamo dopo. Buona giornata e buon lavoro."

Shar gli aveva raccontato di avere l'abitudine di fare una corsa e cercare uova di tartaruga la mattina presto; dopodiché si faceva la doccia e andava all'ospedale a controllare come stavano gli animali. Quindi, verso le nove, andava al lavoro.

Lei e le sue sorelle avevano deciso alcuni mesi prima di assumere la gestione del resort, in modo che i loro genitori potessero andare in pensione. E stavano apportando alcuni miglioramenti alla proprietà.

"Sarà una giornata piena. Devo andare a prendere gli abiti da damigella al lavasecco. Il matrimonio è quasi arrivato e io non riesco a crederci."

"Tua sorella e Grant si sposano?"

"Sì. Vieni alla festa. Il matrimonio si terrà sulla spiaggia del resort, ma sarà una cerimonia ridotta: solo parenti e pochi amici intimi. Il ricevimento, invece, sarà aperto agli ospiti del resort e a tutti gli amici."

"Sembra molto divertente. Ma non vorrei essere di troppo."

"Credimi, non lo sarai. C'è sempre un gran viavai dietro le quinte; ci saranno la stampa e i fotografi pubblicitari, oltre naturalmente al fotografo del matrimonio. È la soluzione migliore che abbiamo trovato per promuovere il resort senza invitare il mondo intero al matrimonio di Cali e Grant. Speriamo solo che non venga nessuno in elicottero."

Gage sorrise, ma poi si rese conto che Shar era seria. "Immagino che la ragione sia Grant."

"Ehi, potrebbe anche essere mia sorella o il

resort," esclamò lei con finta indignazione. "Ma no, è proprio Grant. Cali ha dovuto abituarsi all'idea."

"Ci scommetto."

"Passa quando hai tempo: ti farò vedere i murali."

"Siamo d'accordo. Ci sentiamo." Gage chiuse la porta di casa e sorrise mentre Shar si allontanava con la macchina. Continuò a sorridere mentre attraversava la casa e si dirigeva verso la doccia.

CAPITOLO NOVE

"È tutto magnifico," disse Cali più tardi, quella mattina, mentre guardava gli addobbi matrimoniali. "È davvero bellissimo."

"Sarà ancora più bello quando non sarà allestito in un magazzino." Shar osservò la stanza con occhio critico. Voleva che il matrimonio di Cali e Grant fosse splendido. Ed era stata sua l'idea di addobbare quell'ambiente in modo da potersi fare un'idea di quale sarebbe stato l'effetto finale.

Cali non era l'unica ragione per cui l'allestimento doveva essere perfetto: alcune foto del matrimonio sarebbero state utilizzate per delle pubblicità sui social media e per delle brochure. Poiché il famoso artista Grant Ellington e il suo sposalizio avevano suscitato un notevole interesse, Shar e Jillian avevano convinto Cali a lasciare che il resort beneficiasse di un po' di pubblicità gratuita. Ma doveva essere tutto perfetto.

Shar osservò il bianco e gli azzurri, che imitavano alla perfezione i colori dell'acqua, i nastri e il pizzo, soddisfatta all'idea che quello di sua sorella sarebbe stato un matrimonio magnifico. L'idea le provocò una forte stretta al cuore e uno strano momento di malinconia.

"Aggiungete l'acqua e Lookout Point sullo sfondo e sarà spettacolare," disse.

"Il matrimonio dell'anno." Jillian si asciugò le lacrime. "Non so cosa dire. Sono senza parole già adesso; non riesco a immaginare come sarà il giorno del matrimonio. Oh, Cali, questo è ciò che meriti, e questa volta vedrai realizzati tutti i tuoi sogni."

Cali si asciugò a sua volta le lacrime e Shar faticò a non mettersi a piangere a dirotto. Non era emotiva come le sue sorelle, ma avrebbe dovuto essere fatta di ghiaccio per non avvertire l'intensità del momento. "Guardate che mi fate commuovere." Rise e si tamponò gli occhi.

Cali tirò su col naso e le circondò entrambe con le braccia. "Vi ringrazio tantissimo. Ho il cuore gonfio d'amore. E anche se una volta pensavo che non mi sarei mai risposata, ora non vedo l'ora. So che continuo a dirlo, ma è così e basta."

"Continua, continua," la incoraggiò Shar. "La tua felicità è anche la nostra, sorella." Quelle parole fecero sorridere Cali. Shar, Jillian e Olivia erano gemelle, e da piccole Cali era stata l'idolo di tutte e tre. Era la più tranquilla delle quattro sorelle, a cui era toccato in sorte un primo matrimonio infelice, e loro erano al settimo cielo al pensiero che trovasse la felicità che meritava.

"Se solo Olivia arrivasse in tempo per trascorrere un po' di tempo con noi, sarebbe perfetto," disse Cali.

"Arriverà," la rassicurò Jillian. "Ho appena finito di parlare con lei."

"Ottimo. Siamo pronte, allora." Cali trasse un respiro profondo. "Datemi un pizzicotto. Giusto per essere sicura che sia tutto vero."

Shar allungò una mano e le pizzicò delicatamente il gomito. "Ecco fatto. È tutto vero."

"In tal caso, faremo meglio a tornare al lavoro," disse Cali.

"No, ti prego. La signora Talbert Albert... voglio dire, il gruppo della signora Albert Talbert arriva oggi."

E con questo, le tre uscirono ridacchiando dal magazzino.

Shar era lieta che le altre trovassero la cosa divertente, perché per lei non lo era. Avrebbe voluto tuffarsi nell'oceano e nuotare verso Key West.

Verso le undici, Gage si incamminò in direzione del resort. Shar gli aveva detto di passare e lui non era il tipo d'uomo che fosse solito perdere un'occasione.

Aveva la sensazione di conoscere davvero Shar dopo ventiquattr'ore. Era attratto da lei fin dal loro primo incontro, ma ora capiva che la passione e il desiderio di migliorare le cose della giovane erano parte integrante di quell'attrazione irresistibile. La passione di Shar non aveva nulla a che vedere col denaro o con l'acquisire un'azienda in difficoltà: si trattava semplicemente di rendere il mondo migliore. Di salvare qualcosa di bello in modo che le generazioni a venire potessero godere di tale bellezza. E ciò migliorava il mondo.

Il resort era affollato quando lui entrò dall'ingresso principale. C'erano persone e valigie ovunque. Probabilmente, tutto ciò doveva avere qualcosa a che fare col bus turistico nel parcheggio.

C'erano diverse code per la reception, per cui Gage decise che non era quella la strada giusta.

Individuò una giovane donna che indossava una maglietta color foglia di tè con la scritta *Windswept Bay* e attraversò la folla fino a raggiungerla mentre costei indicava alle persone gli ascensori in fondo alla lobby.

La donna aveva un'aria sveglia ed era piuttosto giovane: poteva avere diciannove anni, o venti portati bene. "Posso aiutarla?" gli chiese prima ancora che lui la raggiungesse.

Gage sorrise. "Lo spero. Sto cercando Shar. Per caso sai dove posso trovarla? Mi sta aspettando."

"Certo che posso aiutarla. Vede quelle scale?" La giovane indicò la scala a chiocciola nell'angolo. "Le segua fino al piano di sopra e poi entri dalla porta che troverà di fronte a sé. Shar dovrebbe essere lì."

"Grazie." Gage esitò. "Cosa sta succedendo qui?"

La ragazza spalancò gli occhi. "Ah, questo viavai? C'è un gruppo di donne della Georgia che ha prenotato per una settimana. Terranno una conferenza. Hanno prenotato qui per vedere i murali di Grant Ellington e sperano di riuscire a vedere anche lui il giorno del matrimonio."

"È proprio per questo che sono qui. Shar mi ha promesso di portarmi a vedere i murali."

La ragazza sorrise. "Le piaceranno moltissimo. Jax, il mio ragazzo, ha collaborato alla loro realizzazione. Grant – voglio dire, il signor Ellington – è stato fantastico e molto generoso. Ha visto un dipinto che Jax ha realizzato alla Lagoon Adventures, la sua azienda, e gli ha chiesto di aiutarlo. Non è incredibile?

Jax non aveva mai pensato di dipingere professionalmente fino a quando il signor Ellington non lo ha incoraggiato a coltivare il suo talento. Ora Jax accompagnerà Grant nei suoi viaggi." La giovane arrossì. "Accompagnerà il signor Ellington, voglio dire. E continuerà a imparare da lui." Sembrava leggermente agitata.

Gage le diede una delicata pacca sulla spalla; comprendeva il suo entusiasmo. "È una grande occasione. Jax deve avere davvero talento."

"È vero."

"L'ho conosciuto, sai. Mi ha aiutato a cambiare una gomma quando sono andato in paese."

"Ah, sì, me ne aveva parlato. Mi aveva detto di aver aiutato un tipo simpatico qualche giorno fa. A proposito, io mi chiamo Blair."

"E io Gage Lancaster; piacere di conoscerti."

"Altrettanto. Dovresti passare dalla laguna. Jax ha detto che ci spera, perché ha avuto la sensazione che tu avessi bisogno di divertirti un po' durante la sua vacanza." Le parole le erano appena uscite di bocca che arrossì. "Ehm, volevo dire, tutti si divertono ad andare in kayak nella laguna."

Gage rise. Quella ragazza era davvero simpatica. "Non mancherò. Jax è stato davvero fantastico. Mi piacerebbe vedere dove lavora e il dipinto che ha dato inizio a tutto questo."

Aveva trovato molto simpatico il ragazzo che lo aveva aiutato a cambiare la gomma; anche perché, in tutta onestà, in quel momento lui non aveva avuto idea di cosa stesse facendo. Cose come quella gli davano un fastidio tremendo. Ogni uomo avrebbe dovuto essere capace di cambiare una gomma bucata, ma lui non aveva mai avuto la necessità di imparare a farlo. E tuttavia, non amava sentirsi inadeguato ed era esattamente quello il modo cui si era sentito quando si era trovato a bordo strada con una gomma a terra.

"Passerò domani e accetterò la sua offerta, perché sai una cosa, Blair? Jax ha assolutamente ragione. Ho bisogno di divertirmi un po'."

Ripensò al giorno prima e a quella mattina, e seppe che avrebbe potuto essere difficile trovare la volontà di andarsene quando sarebbe giunto il momento.

Dal suo punto di osservazione nell'ufficio, Shar sbirciò attraverso la porta semichiusa e osservò il gruppo di donne nella lobby. Quando Gage era entrato, la sua prima reazione era stata quella di scendere di corsa le scale e buttarglisi addosso. Ma un comportamento del genere sarebbe stato talmente sbagliato che lei aveva cancellato subito quell'idea. L'altro problema era che Shar non aveva la minima intenzione di scendere le scale per andargli incontro mentre le *Magnolia Women* facevano il check-in.

Cali ridacchiò alle sue spalle. "Dai, vai a salutare la signora Albert Talbert."

Shar gemette. Quella donna doveva pur avere un nome che non fosse quello del marito. Ma aveva insistito diverse volte perché Albert Talbert fosse il nome scritto sulla sua targhetta e sulla prenotazione. Di conseguenza, era così che tutte si riferivano a lei. Dal canto suo, Shar non capiva cosa fosse passato per la testa dei genitori dell'uomo quando avevano accostato quel nome a quel cognome. Chissà quanto dovevano averlo preso in giro da piccolo.

"Vacci tu. Io non ho alcun desiderio di conoscerla di persona. Parlarci al telefono mi è bastato."

Jillian grugnì, il che era molto poco da lei. "Non ti biasimo. Ma sai che prima o poi dovrai avere a che fare con quelle persone, Shar. Cali deve prepararsi per il matrimonio."

Shar voltò la testa e guardò storto le sue sorelle. "Chiedo scusa, ma è proprio per gestire situazioni come questa che abbiamo assunto Gracie."

"Hai assolutamente ragione," disse Cali. "Ma dobbiamo comunque metterci la faccia."

Shar tornò a voltarsi e guardò nuovamente fuori dalla porta. Uno sciame di farfalle le invase lo stomaco quando Gage iniziò a salire le scale. *Cosa avrebbero pensato le sue sorelle quando lo avrebbero visto?*

Avrebbero potuto cogliere le sue emozioni e notare l'attrazione che provava nei confronti di Gage. E questo sarebbe stato un male, perché lei non voleva alcun incoraggiamento. Presto l'uomo se ne sarebbe andato; Shar non sapeva quando, ma sapeva che sarebbe accaduto. Gage aveva molte responsabilità sulle spalle e lei aveva già capito che, sebbene si fosse preso del tempo per sé, non era il genere d'uomo da venire meno ai propri doveri. *Se ne sarebbe andato.* E lei doveva ricordarselo. Era l'unico modo in cui avrebbe potuto proteggere i sentimenti che egli suscitava in lei.

Sarebbe stata dura evitare che le altre vedessero l'effetto che lui le faceva. Perché Gage gliene faceva, eccome. Shar si allontanò di scatto dalla fessura creata dalla porta quando l'uomo raggiunse il pianerottolo e si diresse verso l'ufficio.

"Che ti prende?" chiese Jillian. "Sembra che tu abbia visto un fantasma."

"No, nessun fantasma." Stava già fallendo nel coprire i suoi sentimenti. Il modo in cui lui la faceva sentire era un conto, ma c'era anche il fatto che fosse molto interessato al suo lavoro… Le aveva posto molte domande riguardo alle tartarughe e al loro mondo e questo la entusiasmava. Lui capiva, capiva il lavoro di Shar, e questo era molto difficile da ignorare.

Un bussare alla porta la strappò ai suoi sogni a occhi aperti. Si voltò verso le sue sorelle mentre i loro sguardi si posavano sull'uomo sulla soglia. Lei era ancora dietro la porta, dove aveva tenuto l'occhio fisso sulla fessura; ora fece un passo allo scoperto in modo che Gage potesse vederla.

"Gage." Sperò di suonare sorpresa di vederlo.

"Ciao." Lui se la mangiò praticamente con gli occhi. "Avevi detto che mi avresti fatto fare un giro, se fossi passato." I suoi occhi brillarono.

"È vero. E ora è il momento perfetto, perché… perché ho bisogno di uscire da questo ufficio e da questo edificio." Lo afferrò per un braccio e iniziò a trascinarlo verso la porta dalla parte opposta della stanza, che conduceva fuori dalla struttura.

"Salve," la interruppe Cali, girando attorno alla scrivania per andare a salutarlo.

Jillian si mise accanto a Cali ed entrambe guardarono Gage con aria molto interessata. "Sono Jillian." Tese la mano. "Non credo ci siamo ancora presentati."

"E io sono Cali e *so* che non ci siamo presentati."

Entrambe le sue sorelle rivolsero a Shar un'occhiata eloquente: sapevano che lei aveva nascosto loro qualcosa.

"Io sono Gage Lancaster e ho la sensazione di essermi presentato un migliaio di volte negli ultimi tempi." Il sorriso di Gage si allargò fino a fermare il tempo e Shar ne avvertì l'effetto dalla testa ai piedi. "Sto in una casa sulla spiaggia, vicino a quella di Shar. È un piacere conoscervi."

"Sono certa che lo stesso valga per noi," disse Cali.

Shar sentì la presa in giro nella voce di sua sorella mentre Gage stringeva la mano prima a lei e poi a Jillian.

L'espressione di Cali si illuminò. "Tu sei quello che ha aiutato Shar a salvare la tartaruga di mare."

"È vero. Ma non ho fatto granché: lei aveva già la situazione sotto controllo. È stata fantastica."

Shar avvertì un certo prurito al collo e si sentì invasa dal calore alle parole di Gage. Ma non mancò di notare l'occhiata che passò tra le sue sorelle, la quale intensificò il prurito.

Quando incrociò lo sguardo affettuoso di Gage, una pelle d'oca spaventosa la ricoprì completamente.

Per fortuna, l'uomo interruppe la connessione quasi subito, spostando la sua attenzione di nuovo su Cali. "Mi pare di capire che devo farti le mie congratulazioni. Ho sentito dire che tu e Grant Ellington vi sposerete questo fine settimana."

"È vero. Per favore, unisciti a noi. Ne saremmo davvero felici. Dovresti proprio venire, dato che sei nuovo sull'isola; vero, Shar? Ci sarà un banchetto e, dopo, un ballo al chiaro di luna. Se venissi, ci faresti contenti."

"Grazie. Shar ha detto la stessa cosa."

"Davvero?" chiese Cali, la voce colma di una gioia inconfondibile. "Ottimo. Dai, vieni."

Shar lo prese per un braccio; all'improvviso avvertiva il bisogno disperato di uscire dall'ufficio. "Adesso porto Gage a vedere i murali di Grant vicino alla piscina e alla spiaggia. Se qualcuno mi cerca, sentitevi libere di occuparvene voi."

Si incamminò verso la porta che conduceva alla scala esterna e, con suo sollievo, Gage non fece domande né perse tempo. Shar aprì la porta e lo condusse all'esterno. Ignorò le risatine che udì mentre la porta si chiudeva alle loro spalle.

"Le tue sorelle sono davvero carine e simpatiche. Mi sembri un po' nervosa."

Shar sentì la fronte aggrottarsi per lo sgomento. "Diciamo così. Tanto per cominciare, loro leggono troppo nel fatto che io ti porti a fare un giro. E poi, sanno che ti sto usando per schivare la signora Albert Talbert."

"Ah, è lei il capo delle famigerate *Magnolia Women*?" disse lui in tono scherzoso.

"Esatto." Shar arrivò in fondo alle scale e si portò le mani ai fianchi. "Me ne sono andata per il bene del resort. Se incontrassi quella donna, lei potrebbe dire qualcosa come 'Oh, tesoro' oppure 'che Dio ti benedica' e io potrei perdere la testa, rovinando la reputazione che ci siamo costruite. È Cali quella brava in queste cose. Io ho accettato di dare una mano solo perché lei ha il matrimonio e la luna di miele. Dovevo quantomeno provarci. Ma, ooh, le relazioni pubbliche non sono il mio forte."

"Sono sicuro che non sei pessima come dici."

"Oh, lo sono, credimi. Meglio evitare che il resort perda soldi e reputazione."

Shar vide il divertimento scritto sul viso di Gage. "Ehi, non ridere. Me la cavo meglio con le tartarughe di mare e gli animali selvatici che con la gente. Se non fosse per il fatto che Cali sta per sposarsi, questo non sarebbe il mio lavoro. Ne starei ben lontana. Preferisco lavorare dietro le quinte. Sono Cali e Jillian a occuparsi del resto." Erano arrivati al piccolo ponte sopra il pittoresco corso d'acqua che si dipanava attraverso il resort. Shar lo imboccò.

Gage le afferrò la mano, trattenendola. "Io ti trovo incredibile." E la attirò tra le sue braccia.

Shar inalò di scatto nel ritrovarsi lì. "Il murale è laggiù…" Per poco non le si piegarono le ginocchia nel guardare l'uomo.

Le labbra di Gage si sollevarono agli angoli. "Non riesco a trattenermi," fu tutto ciò che disse prima di abbassare la testa e baciarla.

CAPITOLO DIECI

Fu un bacio lento, che fece arricciare le dita dei piedi di Shar e le annebbiò la mente.

Le sue mani reagirono passando attorno alle spalle di Gage, in modo che potesse aggrapparsi a lui mentre le sue ginocchia si scioglievano. E così fu. Col prolungarsi del bacio, tutto il corpo di Shar si tramutò in liquido.

"Ciao, eh, sorellina."

Al suono inconfondibile della voce di suo fratello Jake, Shar si staccò da Gage e vide che Jake la stava guardando sorridendo. Cercò di assumere un'aria compassata. Non lo era minimamente.

"Ehi," riuscì a dire. Jake era un istruttore subacqueo e possedeva un negozio di articoli per sub in città. Sull'orlo di un attacco di orticaria, Shar incrociò bruscamente il suo sguardo curioso. "Che ci fai qui?"

La voglia di sorridere fece apparire piccole rughe agli angoli degli occhi di Jake. "Evidentemente, non quello che ci fai tu."

Con suo sollievo, Gage si presentò e le fece l'occhiolino. "Tu devi essere uno dei tanti fratelli di Shar."

"Jake. Probabilmente dovrei farti il terzo grado, perché non mi capita tutti i giorni di trovare un uomo appiccato alla mia sorellina."

Shar lo guardò malissimo. "Ehi, io posso baciare chi mi pare e dove mi pare."

Jake ridacchiò. "Assolutamente. È solo che mi stupisce vederti mentre ci dai dentro in un luogo pubblico."

Shar lo fulminò con lo sguardo. "Piantala, Jake." Si rivolse a Gage e vide che l'uomo si stava palesemente divertendo nell'assistere a quello scontro fraterno. "Ehi, sei stato tu a cominciare. Mio fratello – uno di cinque, ma probabilmente il più ficcanaso – non mi guarderebbe in quel modo se tu non mi avessi baciato."

"Non mi interessa chi ci vede mentre ci baciamo," disse Gage.

Jake intervenne: "Siete in un luogo pubblico. Non sono un ficcanaso; ho solo il dono della vista."

Shar ignorò tanto Jake quanto le parole di Gage, anche se doveva ammettere di trovare piacevole il fatto che a quest'ultimo non importasse chi li vedeva. "Jake possiede un negozio di articoli da sub e la maggior parte delle sue attività si svolge sott'acqua, per cui non ha nessuno con cui parlare fino a quando non riemerge e ficca il naso nei miei affari. A proposito, che ci fai qui?" chiese.

"Dovevo fare una commissione."

La sua espressione non prometteva bene. "Che genere di commissione?"

"Nulla di particolare. Volevo solo vedere come procedono i preparativi per il matrimonio."

"Ah-ah. Non farti venire strane idee," lo ammonì lei. "Tu e i tuoi fratelli farete meglio a non fare nulla che possa mettere in imbarazzo Grant o Cali. O danneggiare la reputazione del resort. È importante."

Jake sollevò le mani. "Non riesco a credere che tu abbia pensato che io – che noi – potremmo mai rovinare il matrimonio."

Shar non gli credeva. "Hai qualcosa in mente. Non credere che non abbia riconosciuto quella luce nei tuoi occhi. Il Cielo sa che da piccola me ne hai fatte un sacco dopo avermi guardata così. Te le darò di persona se rovinerai il matrimonio."

"Rilassati." Jake era serio, ora. "Non rovinerei mai tutto. Ti sto solo prendendo in giro." Fece un gran sorriso.

E Shar vide che anche Gage sorrideva.

"Ciò detto, continua a incuriosirmi il fatto che tu sia su questo ponticello bianco ad abbracciare e baciare Gage."

"Vattene," gli ordinò lei, cercando di non sorridere al fastidioso fratello che, una volta, le aveva legato insieme le treccine mentre lei dormiva.

"Me ne vado." Jake tese la mano a Gage. "Piacere di conoscerti, amico. È bello sapere che esiste qualcuno in grado di scongelare mia sorella con un po' di romanticismo."

"Va'," gli ordinò lei prima che Gage potesse fare commenti.

"A dopo, amico," disse suo fratello. "Farò meglio ad andarmene o questa mi farà fuori."

Shar non arrossì, ma avvertì un certo calore, soprattutto nelle guance. *Jake era appena stato inserito nella stessa lista di Meeks, l'idraulico.* Quando trovò il coraggio di guardare Gage, vide che questi se ne stava appoggiato alla ringhiera del ponte e sorrideva con le braccia incrociate.

"Ti stava solo prendendo in giro. Non ha fatto nulla di male."

"È facile a dirsi, per te. Ora sai che avere una famiglia numerosa ha i suoi svantaggi."

"Credo che tu sia semplicemente imbarazzata e che la colpa sia mia. Mi dispiace. E così, tu sei la dura di famiglia?"

Shar sospirò, chiuse gli occhi e contò fino a tre

mentre cercava di superare il momento. *Perché la presa in giro di Jake l'aveva infastidita così tanto?* "Sono diretta. La gente mi scambia per dura."

"Sei anche una gran tenerona."

Quelle parole la fecero sorridere. "Non dirlo a nessuno o potresti rovinare la mia reputazione di donna tutta d'un pezzo."

Gage mimò il gesto di cucirsi le labbra. "Detto e fatto. Andiamo a vedere quei murali."

Shar iniziò a scendere dal ponte; Gage le si mise accanto e la prese per mano. Quel gesto semplice e disinvolto le fece svolazzare le farfalle nel petto. E lei si rese conto che quella sensazione le piaceva parecchio.

La piscina e il suo murale apparvero dopo che loro due si furono allontanati di pochi passi dal ponte. "Ecco." Shar si fermò e lasciò che Gage ammirasse appieno la scena marina di fronte a loro.

"Le protagoniste sono le tartarughe." Gage sapeva che doveva avere un significato importante per Shar e il modo in cui lei si illuminò in viso mentre osservava l'opera d'arte gli fece capire che era proprio così.

"Il signor Stranamore lo ha fatto per attirare l'attenzione sulle tartarughe di mare. E io gli sono enormemente grata per questo."

"È fantastico."

"È così realistico da mozzare il fiato."

"Decisamente," mormorò Gage, studiando l'opera in ogni suo aspetto. Poi guardò Shar. *Lei* gli mozzava il fiato. "È davvero una parete gigantesca. C'è un sacco di roba da vedere."

"Lo so. E ci sono anche dei dettagli nascosti, come un granchietto che fa capolino da dietro una conchiglia e altre cose del genere. C'è un foglio che i bambini – ma anche gli adulti – possono prendere al capanno degli asciugamani, su cui sono elencate le sorprese nascoste da spuntare quando le si trova. Piace tantissimo a tutti. È stata un'idea di Cali: lei sapeva che Grant ama nascondere delle cose nei suoi dipinti e ne ha fatto un gioco."

Gage la trovò un'idea brillante. "Che roba. Dunque Grant ha realizzato questo murale e Jax gli ha dato una mano?"

"Sì. La maggior parte del dipinto è opera di Grant, ma Jax ha realizzato alcune delle piante, il delfino e altri piccoli animali, mentre il signor Stranamore – cioè Grant," precisò ridendo Shar, "si è concentrato sugli elementi principali, come le tartarughe. Hanno fatto lo stesso anche con la parete esterna. Conosci Jax?"

"L'ho incontrato. Sono rimasto con una gomma a terra il primo giorno che sono andato a Windswept Bay. Devo ammettere che non ho mai avuto alcun motivo per imparare a cambiare una gomma bucata. A New York ho un autista e, quando sono in viaggio, c'è sempre qualcuno che mi scarrozza. Inutile a dirsi, ero nei guai fino al collo quando Jax si è fermato dietro la mia macchina; gli è bastata un'occhiata per capire che ero in difficoltà. È una persona gentile. Ho conosciuto Blair, la sua ragazza, nella lobby."

"Sono innamorati. E Jax è una brava persona. Sono felice che si sia fermato a darti una mano."

"Credimi, ne avevo bisogno."

"Oh, scommetto che avresti trovato una soluzione, in un modo o nell'altro."

"Grazie per la fiducia."

Shar rise di nuovo. "Prego. Resta lontano dai grattacieli di Manhattan per un po' e presto ti trasformerai in una persona normale."

"Al momento non ci sto nemmeno pensando, ai grattacieli." Ed era vero. Gage stava pensando a come far tornare Shar tra le sue braccia e rubarle un altro bacio. Non avrebbe dovuto baciarla, prima, ma quando era con lei si scopriva spesso ad agire d'impulso. E non intendeva sentirsi in colpa, perché lo avrebbe rifatto in un istante.

"Andiamo in spiaggia, così potrai vedere il capolavoro, il gioiello del resort." Shar fece un gran sorriso. "È davvero magnifico. Siamo molto fortunate ad averlo. Il signor Stranamore, e spero tu abbia capito che lo chiamo così solo per affetto, ha superato se stesso col murale esterno."

"Dimmi, come mai lo chiami proprio 'signor Stranamore?'"

Shar ridacchiò. "Perché ha qualcosa che ricorda Patrick Dempsey. Hai presente il dottor Stranamore di

Grey's Anatomy, la serie TV?"

"Sì. Dovrei vivere fuori dal mondo se non conoscessi quella serie. Sento le segretarie che parlano di lui e dello show tutti i venerdì, attorno al distributore d'acqua fredda."

"Lo immaginavo. Ma non sentirti escluso: tu hai qualcosa di Paul Newman."

Gage rise. "Guardi molta televisione?"

"Soprattutto film. Mi piacciono molto. I miei preferiti sono *Nick mano fredda* e qualunque altro film con Paul Newman. E devo ammettere che, come la maggior parte delle donne di questo Paese, anche io ho acceso la televisione per avere la mia dose di Stranamore."

Gage le rivolse un'occhiata scettica. "Paul Newman."

"Avete lo stesso mento squadrato e quegli splendidi occhi celesti."

Gage sorrise. "Dunque i miei occhi sono splendidi?"

"Cos'è, sei in cerca di complimenti? Sai benissimo

di avere degli occhi splendidi, oltre a diverse altre caratteristiche straordinarie."

"Non mi interessa cosa ho e cosa non ho, o cosa pensa del mio aspetto chiunque non sia tu. Ma sono felice che ti piaccia qualcosa di me. Approfitterò di qualunque vantaggio mi capiti di avere."

Gage si allungò verso Shar, ma lei sfuggì alla sua presa, ridendo mentre si metteva di fronte a lui sul sentiero sabbioso. "Eh no. Non ho intenzione di girare l'angolo e scoprire che uno degli altri miei fratelli ha deciso di farmi una visita a sorpresa."

Gage sorrise. "A me non dispiace."

"Beh, a me sì."

Gage stava ridendo quando Shar si voltò e sollevò lo sguardo. Lui la imitò e rimase immediatamente sbalordito. "Wow."

"Già, è quello che dicono tutti. È stupefacente, vero?"

Gage osservò attentamente il dipinto per un po'. C'era davvero molto da vedere. In quell'opera, il punto focale erano i delfini e una colorata barriera corallina.

Il murale era alto quattro piani, rivolto verso l'oceano.

"Sarà uno sfondo spettacolare per il matrimonio. Hai detto che si terrà sulla spiaggia, vero?"

"Sì, laggiù." Shar indicò una certa zona. Alle spalle di quest'ultima, sullo sfondo, c'era una scogliera sormontata da un faro; da una parte c'era l'oceano e dall'altra il murale. E poi, alle loro spalle, c'erano la grande spiaggia e la fila di resort punteggiava la linea costiera. "È tutto pronto per le foto."

"Se verrò, ballerai con me?"

Shar si voltò verso di lui e la brezza oceanica le fece danzare lentamente i capelli di fronte al viso. "Solo se ti comporterai bene."

"E dov'è il divertimento in questo?"

"Dico sul serio, Gage. Voglio che tu sappia che io non sono un'avventura. Ma non cerco nemmeno una fede nuziale. Questo complica la situazione tra di noi. È meglio che tu lo tenga presente."

Lui fece un passo verso Shar. "Non ho mai pensato e non penserò mai che tu sia un'avventura. Ti sto solo chiedendo: se verrò, ballerai con me?"

Shar lo fissò con aria di sfida e, un attimo dopo, annuì.

Il cuore di Gage si mise a cantare mentre lui la circondava con un braccio e la attirava a sé. "Questa non è un'avventura," disse con voce roca, per poi baciarla di nuovo. Ogni cellula del suo essere desiderava starle vicino. Lei si mosse tra le sue braccia. Il cuore di Shar tuonò contro il suo mentre si lasciava andare al bacio; quando le braccia della donna lo circondarono lentamente, la tensione in lui si allentò. Non era venuto lì con quell'intenzione, ma non era riuscito a trattenersi. Dopo un momento troppo rapido, si costrinse a rompere il bacio e tuffò il viso tra i capelli della giovane. I suoi sensi furono colmati dal profumo della brezza marittima e da un odore dolce. "Quando sei tra le mie braccia, mi sento come non mi sono mai sentito prima d'ora."

"Gage."

"Non spaventarti, Shar. Ti sto solo dicendo ciò che provo."

Indietreggiò e le circondò il viso con le mani,

fissandola negli occhi spalancati. "Non pensare troppo." La baciò sulla punta del naso e la lasciò andare. "D'accordo?"

"D'accordo," disse infine lei. "Ma ti avverto come ho avvertito i miei fratelli: niente scenate al matrimonio. E questo vale anche per i baci."

Gage fece un gran sorriso. "Sai che i baci ti piacciono quanto piacciono a me. Ci vediamo al matrimonio."

CAPITOLO UNDICI

"Sei splendida, Shar. Sapevo che questo colore avrebbe messo in evidenza i tuoi occhi."

Shar trasse un respiro profondo mentre guardava Cali e poi fissava il vestito da fiaba che indossava. Era un tubino verde acqua con sopra un abito dello stesso colore, morbido e vaporoso. La gonna le sfiorava appena le ginocchia e scintillava a ogni suo movimento. La prima volta che lei l'aveva provato, al negozio di abiti da sposa, le era sembrato magnifico, ma ora i suoi pensieri avevano preso una strada del tutto diversa: si stava chiedendo se Gage l'avrebbe trovata bella con quel vestito addosso.

Non era riuscita a smettere di pensare a lui e ai suoi baci provocanti da quando era stata tra le sue braccia sulla spiaggia, due giorni prima.

"Credo," disse lentamente, "che, con l'eccezione del tuo abito da sposa, questo sia il vestito più bello che io abbia mai visto. Ed è un abito da damigella. Avevo paura che, quando tu e il resto della famiglia avreste cominciato a sposarvi, io sarei finita come la protagonista di *27 volte in bianco*, con un armadio pieno di abiti da damigella spaventosi."

Jillian, che si stava a sua volta vestendo, ridacchiò. "Avevo pensato la stessa cosa. Con una famiglia grande come la nostra, se le future fidanzate dei nostri fratelli ci avessero chiesto di partecipare ai loro matrimoni, temevo che avrei potuto essere io quella con l'armadio pieno di vestiti orribili."

"Non farei mai indossare alle mie sorelle dei vestiti brutti." Cali sembrava indignata al solo pensiero.

Shar si voltò verso Jillian e le lanciò un'occhiata esasperata. "Voi vi sposerete tutti prima di me.

Francamente, non credo che mi sposerò mai. È troppo bello essere il capo di me stessa e fare quello che mi piace."

Cali si voltò per fissarsi allo specchio e passò una mano sul suo meraviglioso abito da sposa. "Oh, potresti cambiare idea quando conoscerai l'uomo dei tuoi sogni."

Il tono sognante della sua voce fece squillare un campanello di allarme in Shar quando Gage riempì i suoi pensieri. Da quando l'uomo era uscito dall'acqua quella mattina, la vita di Shar era in caduta libera. Lei non poteva negarlo; non lo avrebbe ammesso con nessun altro, ma era la verità. All'improvviso, con gli occhi della mente, lo vide camminare verso di lei, con pantaloni dello smoking neri e una candida camicia aperta sul collo. E lei indossava un magnifico abito da sposa e teneva in mano un bouquet. Quasi gemette, da tanto reale era quell'immagine. Da tanto era perfetta.

Cosa le era venuto in mente? Si diede uno scossone mentale. Non aveva intenzione di sposarsi. Assolutamente no. E poi, santo cielo, conosceva Gage da meno di una settimana.

Non importa.

Invece sì. A lei importava.

Si concentrò su Cali. "Oggi la protagonista sei tu, Cali. E sei magnifica."

"Verissimo," aggiunse Jillian, mettendosi accanto a Cali mentre tutte e tre fissavano il grande specchio.

Cali sorrise, ma poi si intristì. "Vorrei solo che Olivia fosse riuscita a venire."

Shar aveva in mente di fare una lunga chiacchierata con sua sorella Olivia. Quest'ultima non tornava a casa da mesi e si comportava in maniera assai sospetta. E sebbene avesse assicurato loro che non si sarebbe persa il matrimonio per nulla al mondo, aveva fatto esattamente quello. Olivia aveva chiamato Cali all'ultimo minuto e le aveva detto che non sarebbe riuscita a venire. L'unica spiegazione che aveva dato era che era molto impegnata con un progetto allo studio cinematografico e non poteva allontanarsi.

Shar non era per nulla felice. Non intendeva dirlo alle sue sorelle, ma cominciava a preoccuparsi. Olivia si comportava in modo… strano. Quel gesto non era da lei. E per Shar la cosa era piuttosto allarmante.

A Cali disse soltanto: "Sono sicura che sarebbe qui, se potesse. Conosci Olivia. Avrà anche lo sguardo fisso su quei suoi grandi sogni, ma la famiglia è molto importante per lei. Tu sei molto importante per lei."

Era vero. E questo faceva sì che Shar fosse ancora più preoccupata.

La porta si aprì e la loro madre entrò nella stanza. A sessant'anni, Violet Sinclair era ancora una donna bellissima. I folti capelli grigio cenere e la corporatura di una danzatrice, aveva ancora il portamento della ballerina che era stata quando aveva conosciuto e – quasi subito – sposato Sam Sinclair. Violet raccontava spesso la storia di come il loro padre l'avesse fatta perdutamente innamorare di sé quando lei era arrivata sull'isola per un paio di settimane di riposo dopo un lungo tour di danza. All'epoca, Violet era stata una donna indipendente e di talento, ma si era lasciata tutto alle spalle per cominciare subito a creare una grande famiglia.

Shar si chiedeva spesso che fine avessero fatto i sogni che sua madre aveva coltivato prima di sposarsi. Anche se non c'era un vero motivo per cui lei dovesse porsi quella domanda: Violet era una persona amorevole di natura, completamente dedita alla sua famiglia e, al tempo stesso, agli ospiti del resort. Per Shar, sua madre era una superdonna. Ma non riusciva a smettere di chiedersi come fosse stata la sua vita prima di diventare una madre di famiglia.

"Mamma," esclamò Cali, voltando le spalle allo specchio e raggiungendo la madre con le braccia spalancate. "Che ne pensi?"

Il viso di Violet si illuminò di gioia. "Che sei magnifica. Ma soprattutto, penso che il tuo sarà un matrimonio felice e fortunato come lo è stato il mio."

Con tanti saluti ai dubbi di Shar.

"Credo proprio che lo sarà davvero. Non avrei detto di sì se avessi pensato il contrario."

"In tal caso, diamo inizio alla cerimonia. Sono venuta per abbracciarti, baciarti e informarti che tuo padre è pronto, la famiglia è radunata, ma soprattutto che il tuo sposo ti attende con ansia."

Cali scoppiò a piangere e così fecero Shar e Jillian. "Mamma, sono così felice," disse Cali tra i singhiozzi.

Shar si tamponò gli occhi. "Certo, certo, ma noi siamo state una vita farci truccare e ora tu rovinerai tutto con qualche bella parola."

La battuta fece ridere tutte e contribuì ad alleggerire il momento di commozione.

Sorridendo, Violet appoggiò una mano sulla guancia di Cali. "Dammi cinque minuti per arrivare al mio posto, poi la wedding planner potrà dare inizio alla cerimonia."

La loro madre se ne andò e Cali si portò una mano al ventre. "Continuo a sentire nella testa quella canzone di Elvis, *I'm So Happy I Could Die1*. Anche se nel mio caso, rischio più che altro di vomitare."

A quelle parole, tutte scoppiarono a ridere.

La musica suonava mentre Shar camminava lungo il tappeto per mettersi accanto a Jillian. Non riuscendo a scegliere una sola tra le sue sorelle, Cali aveva nominato entrambe damigelle d'onore: Shar portava l'anello e lo avrebbe passato a Jillian, che a sua volta

------

[1] Letteralmente "Sono così felice che potrei morire" (ndt).

lo avrebbe passato a Cali. La musica cambiò: era il segnale che Cali stava per iniziare la sua breve camminata all'altare.

Shar si scoprì a osservare Grant mentre questi guardava Cali dirigersi verso di lui. L'amore sul volto dell'uomo, nel suo sguardo, diceva che quello era il momento suo e di Cali. La sua espressione era colma di amore.

Sarebbe stato un buon marito per la sorella di Shar; e Cali, dopo tutto ciò che aveva subito durante il primo matrimonio, non meritava che felicità. Shar voleva bene a Grant per l'amore che egli portava a sua sorella e sapeva, in cuore suo, che i due avrebbero vissuto felici e contenti.

I suoi pensieri si spostarono su Gage, al che Shar si concentrò sul matrimonio e non sulle emozioni inspiegabili e travolgenti che il solo pensare a quell'uomo suscitava in lei.

"Vi dichiaro marito e moglie. Ciò che Dio ha unito, l'uomo non separi." Le parole del pastore la strapparono ai suoi pensieri errabondi. Chissà come, era riuscita a porgere l'anello al momento giusto, ma senza smettere di pensare a Gage.

Che le era preso?

Si concentrò su Cali e sul signor Stranamore, ora suo cognato, mentre Grant prendeva Cali tra le braccia e la baciava. Shar si scoprì a guardare oltre il pubblico, verso la reception; lì, vicino all'angolo, intravide Gage. Subito si sentì fiacca. Ebbe un tuffo al cuore quando incrociò lo sguardo intenso dell'uomo.

In quel momento, tutto il resto cessò di avere importanza.

C'era qualcosa, in quel luogo, che faceva impazzire i sensi di Gage. *O forse era solo Shar?* No, non 'solo' Shar, ma Shar in tutto il suo fascino. Gage cominciava a rendersi conto che non importava se la donna stesse salvando una tartaruga di mare, un cucciolo, o lo stesse semplicemente guardando con quei suoi occhi: lo colpiva in ogni caso. E nel guardarla scendere dopo la coppia felice dalla piccola piattaforma sulla quale era stata condotta la cerimonia, lui si rese conto che quella donna era il suo destino.

Si era tenuto lontano da lei di proposito negli ultimi due giorni, dandole tempo per prendersi cura dei preparativi per il matrimonio e stare in compagnia della sua famiglia. Ma quel periodo era servito anche a lui per raffreddare i bollenti spiriti, fare un passo indietro e cercare di riflettere lucidamente.

Era arrivato in anticipo, non essendo riuscito a trattenersi dal guardare Shar durante il matrimonio. Voleva vederla nel corso della cerimonia. Si era tenuto vicino all'angolo dell'edificio, virtualmente invisibile in mezzo alla folla che si era radunata per osservare l'evento da lontano, e tuttavia Shar lo aveva cercato con lo sguardo e aveva incrociato il suo. Ora, mentre raggiungeva la reception, la donna guardò nella sua direzione; lui le fece l'occhiolino e vide il sorriso che le illuminò gli occhi. Poi Shar fu trascinata in una serie di foto coi parenti; trascorse molto tempo prima che lei potesse finalmente attraversare la folla e raggiungerlo.

Gage tenne le mani a posto, anche se non desiderava altro che prenderla tra le braccia. "Sei di una bellezza sconcertante, questa sera."

"Grazie. Ho cercato di darmi una sistemata."

Gage ridacchiò e passò su di lei uno sguardo carico di approvazione. "Ci sei riuscita benissimo."

"È stata Cali a scegliere il vestito. Vieni, ti presento a Grant e al resto della famiglia."

I fratelli di Shar avevano fatto capannello; sembravano tutti più che pronti a togliersi la giacca, ma una fotografa continuava a ronzare loro attorno e a chiedere loro di posare. Sembravano al culmine della pazienza, come del resto lo sarebbe stato Gage al posto loro.

"Alcuni dei tuoi fratelli sono gemelli?" Era impossibile non notare la forte somiglianza tra Jake e uno degli altri uomini. Anche se Jake portava i capelli più lunghi e l'altro una barba molto corta. Inoltre, i due erano completamente diversi dagli altri tre fratelli. E i tre fratelli in questione condividevano una somiglianza stupefacente, ma uno sembrava un po' più anziano degli altri.

"Hai ragione. Cam è il maggiore, mentre Levi e

Trent sono gemelli. Poi ci sono Jake e Max, che si assomigliano molto, ma hanno un anno di differenza. I loro genitori sono morti in un incidente e i miei li hanno adottati. Sono cresciuti con noi e i nostri genitori erano il loro padrino e la loro madrina, per cui sono fondamentalmente anche loro miei fratelli, solo nati genitori diversi."

"Però. Una coppia e un terzetto di gemelli nella stessa famiglia."

"Esatto. Hai vinto il primo premio." Shar sorrise e toccò la fotografa sulla spalla. "Credo che siano un po' stufi. Potresti andare a fotografare qualcos'altro per le pubblicità?"

La donna lanciò un'occhiata ai cinque uomini e sorrise. "Certo, ma credimi, i tuoi fratelli faranno una gran bella figura…" Tacque quando posò lo sguardo su Gage. "Lei è Benjamin Lancaster." Fece un passo indietro e puntò la fotocamera. "Le foto dei ricchi e famosi sono sempre un'ottima pubblicità. Sorridete, voi due."

Shar guardò Gage e lui sorrise. "Facciamo un po'

di pubblicità al tuo resort," disse, al che anche lei sorrise. Proprio in quel momento, il flash lampeggiò.

"Ottimo," disse la fotografa. "Che ne dice di farne una con lei e i fratelli? Se riuscissi a far venire qui anche Grant, verrebbe qualcosa di incredibile. Magari anche un'immagine da copertina. Torno subito."

Shar la guardò storto. "È stato l'addetto alle relazioni pubbliche ad assumerla. Quanto è insistente."

"Ma quando avrà finito, avrete delle ottime foto promozionali per il resort. Nella vita ho imparato che a volte, se non si insiste, non si ottiene nulla. Se vuoi qualcosa o hai un lavoro da fare, devi essere decisa."

"Beh, se la metti così, si può dire che quella donna sia molto decisa."

Gage sorrise. "A me non dispiace."

"Gage." Jake li raggiunse. "Ronzi ancora attorno mia sorella?" Rivolse un gran sorriso a Shar.

"Proprio così. Come va?"

"Bene. Andrà meglio quando potrò togliermi di dosso questo costume da pagliaccio, ma nel complesso non c'è male. Vieni, ti presento i nostri fratelli. Non

devi andare a fare delle foto, tu? Sembra che la furia –
volevo dire, la fotografa – stia radunando le signore,
adesso.”

“Argh.” Shar sospirò quando vide che Jake aveva
ragione. “Torno subito.”

Si allontanò di fretta e Gage la guardò serpeggiare
tra la folla.

“Sai, mia sorella non esce spesso. Come sei
riuscito a frequentarla?”

“Fortuna, immagino.”

Jake rise. “Può darsi.”

Uno dei fratelli – a occhio e croce il più maturo
del gruppo; dimostrava circa trentacinque anni – gli
tese la mano. “Io sono Cam, il più anziano della
squadra di baseball. Si vede che c’è qualcosa tra te e
mia sorella. Questo è Levi, il capo della polizia;
ricordati che ti tiene d’occhio. Loro, invece, sono Max
e Trent. Jake lo conosci già.”

Ciascuno degli uomini gli strinse la mano. Gage
aveva la sensazione di essere sotto un microscopio
mentre i fratelli lo fissavano con curiosità palese.

"Cosa ti porta su quest'isola?" chiese Levi.

Jake diede di gomito a suo fratello. "Ehi, capo della polizia, non fargli il terzo grado. Non vogliamo farlo scappare. Visto come si comporta Shar negli ultimi tempi, potrebbe anche prendersela con te."

I fratelli osservarono attentamente Gage, il quale si rese conto che Jake doveva aver riferito loro di quel bacio sul ponticello.

"Non scappo da nessuna parte. E non ci sono problemi. Sono qui per prendermi un po' di tempo per me."

"Sei nel posto giusto, allora," disse Max. "Dovresti fare qualche immersione, già che ci sei. Jake è la persona giusta a cui rivolgerti per quello."

"Non ho mai fatto immersioni."

"Non sai cosa ti perdi." Jake si toccò il petto. "Vieni da me; ci penso io."

"Può darsi che lo farò."

"Non te ne pentirai. Anzi, porta anche Shar."

Fino a quel momento, Gage non aveva saputo esattamente come avrebbero reagito i fratelli alla sua esistenza, soprattutto dopo che Jake aveva detto loro di averlo scoperto mentre baciava Shar. Ma capì subito che quegli uomini erano protettivi e preoccupati per la sorella, ma anche felici che lei stesse frequentando qualcuno.

Ciò detto, non gli ci volle molto a capire che nessuno di loro sarebbe stato felice se Shar avesse sofferto.

Ma lui non aveva intenzione di farla soffrire.

CAPITOLO DODICI

Shar stava andando a salvare Gage dai suoi fratelli quando una donna bassa, paffuta e attraente si mise sulla sua strada. Costei aveva i capelli di un bianco sgargiante, acconciati alla perfezione, e portava un rossetto rosa acceso.

"Shar Sinclair," disse lentamente la nuova arrivata con un forte accento del Sud.

Il morale di Shar precipitò all'istante. Era riuscita a nascondersi per tutta la settimana dall'incubo che era la signora Albert Talbert.

"Sono io, la signora Albert Talbert."

Come se avesse avuto bisogno di precisarlo.

"Ti sto cercando da tutta la settimana. Che Dio ti benedica, sembrerebbe che tu lavori solo poche ore al giorno."

Shar si costrinse a sorridere. "Signora Talbert." Le parole le uscirono di bocca in tono stiracchiato. "Spero che il soggiorno sia di suo gradimento." Aveva sentito dire che la donna la stava cercando e si era assicurata di non essere reperibile. La cosa l'aveva fatta sentire un po' in colpa, ma non troppo.

"È proprio per questo che speravo di vederti. È tutto magnifico. Davvero magnifico. Certo, hai fatto un po' fatica ad azzeccare tutti i dettagli e io ho dovuto darti un po' più fastidio di quanto avrei fatto normalmente, ma…" La signora Albert Talbert fece una pausa drammatica. "A conti fatti, tu e il resort siete stati più che all'altezza delle aspettative. Raccomanderò al comitato di organizzare un ritiro qui almeno una volta l'anno."

Shar non riusciva a credere alla propria fortuna. "È splendido. Sono felicissima che lei e le signore vi siate trovate così bene."

"Dovresti dare un aumento a quella Gracie. Quella giovane non sbaglia un dettaglio; non ho mai dovuto riprenderla."

Shar strinse i denti. "Ma che meraviglia." Sentì qualcuno avvicinarsi. *Gage.* Le si asciugò la bocca quando lui le sorrise e tese la mano.

"Io sono Gage Lancaster."

"Oh, e io sono la signora Albert Talbert." Sulle labbra rosa della donna spuntò all'istante un ampio sorriso. "Tesoro, questo bell'uomo è tuo?"

Shar quasi si mise a ridere e fece per negare, ma Gage le prese la mano.

"Esatto, signora. Ora, se vuole scusarci, la bella Shar mi ha promesso un ballo."

"Certamente. Credo di aver visto Grant Ellington dirigersi verso la scodella del punch. Devo fare una foto con lui. Grazie ancora, Shar. Noi partiremo domani mattina presto, ma ci rivedremo l'anno prossimo."

"Che gioia," disse sottovoce Shar.

Gage rise a bassa voce nel suo orecchio mentre la prendeva tra le braccia e trascinava entrambi in pista.

"Sei troppo tesa. Rilassati," la incoraggiò; il suo fiato caldo le accarezzò l'orecchio.

"Grazie per essere venuto a salvarmi." Lei lo guardò.

"Non ho potuto fare a meno di notare che sembravi rigida come un attizzatoio, per cui ho pensato di venire a controllare se ti serviva una mano."

"Mi piacciono gli uomini svegli."

"Qualunque cosa per una bella donna. E tanto perché tu lo sappia, io sono tuo."

Quelle parole, pronunciate a bassa voce, riecheggiarono dentro di lei, che mise un piede in fallo e pestò quello di Gage.

"Gage." Lo guardò. "Cosa stai facendo? Mi conosci a malapena. Tornerai a New York la settimana prossima o poco–"

"Forse no."

"Beh, io non intendo andarci. Te l'ho già detto: non voglio–"

Gage la strinse a sé. "Cosa non vuoi, Shar? L'amore, la passione, il desiderio? Perché è questo ciò che provo per te. Tutto quanto. E ti conosco; non puoi dire di non provare nulla. Perché so che non è vero."

Shar si mosse automaticamente al ritmo del ballo lento, ma la sua mente era in preda al caos. Scosse la testa. "No. Altre persone possono anche lasciarsi travolgere dai sentimenti, ma non io. Io ho una vita, Gage."

Il cuore di lui batteva al ritmo col suo, come se i due organi fossero uniti nella stessa danza, interconnessi tra loro da un complesso intreccio. Shar cercò di staccarsi, cercò di frapporre della distanza tra di loro, ma il braccio di Gage la tenne stretta a lui, delicatamente ma con fermezza.

Tutti i pensieri che aveva avuto su di lui, i sogni a occhi aperti, la travolsero. *Ma erano solo sogni. Non erano ciò che lei voleva davvero. O forse sì?*

Sollevò lo sguardo su di lui e Gage la baciò sulla fronte. "Non ti porterei mai via dalle tue amate tartarughe di mare. Ho visto quanto è prezioso il tuo lavoro; è stata la prima cosa di te di cui mi sono innamorato."

La musica sfumò. Erano sul limitare della pista da ballo; Gage la attirò in mezzo alle ombre. Shar si sforzò di ignorare le implicazioni delle sue parole. Cercò di capire perché quell'uomo si fosse messo a dire quelle cose così presto. Così all'improvviso. "Gage, hai appena perso il tuo ultimo genitore ancora in vita. Sei esausto, confuso; sei venuto qui per fare ordine nella tua vita. E per piangere. Stai..." Cercò le parole giuste. "Stai proiettando su di me le tue emozioni. Ecco, è questa la risposta. Hai bisogno di tempo per adattarti a ciò che sta succedendo nella tua vita. Io sono solo una via di fuga, tutto qui. Solo una via di fuga. È cominciato tutto col salvataggio della tartaruga, non capisci?"

Gage la fissò senza dire nulla.

"Sai che ho ragione." Era ancora più sicura di aver colto esattamente il problema di lui. E le emozioni che aveva cominciato a provare così all'improvviso e così rapidamente erano dovute alla sua smania di salvare le cose vive.

"Lo credi davvero?"

Lei annuì, mentre nella sua testa ronzavano pensieri e ricordi del tocco di Gage, dei suoi baci, della sua risata. "Ciò che credi di provare per me non è reale. Sei… sei una nave in cerca della sua ancora."

Fino a quel momento, Gage non aveva fatto che fissarla con la mascella serrata. Alle sue spalle, l'oceano scintillava sotto la luce della luna. Ora l'uomo aggrottò le sopracciglia e i suoi occhi azzurri lampeggiarono; Shar lo notò persino nella luce soffusa.

"So cosa provo, Shar. Tu hai ragione: sono una nave in cerca dell'ancora. Ma questo non significa che non abbia le idee chiare. So cosa voglio. E voglio te."

Lei fece un passo indietro, in preda al panico. "Ti… ti avevo avvertito. Ti avevo detto che non stavo cercando nulla. Ho la mia vita. Devo tornare al matrimonio. Ormai staranno tagliando la torta e io devo essere vicino a Cali. Presto lei e Grant se ne andranno."

Lo sguardo negli occhi di Gage la ferì; Shar fece fatica a non allungarsi verso di lui. "Mi dispiace, Gage." Senza aspettare che egli aggiungesse altro, girò sui tacchi e tornò alla festa. Lo stomaco le ribolliva come le onde di un mare in tempesta. Ma mise un piede di fronte all'altro e tirò dritto.

In quel momento, era l'unica cosa che era in grado

di fare.

Gage si passò una mano tra i capelli e guardò Shar mentre si allontanava da lui. *Che gli era preso?* Aveva la sensazione di aver combinato un gran casino.

Era capace di entrare in una stanza e contrattare affari milionari, ma quando c'era di mezzo Shar, non riusciva nemmeno a tenere la testa sulle spalle. Aveva insistito troppo, troppo presto. E quello era il risultato che aveva ottenuto: se ne stava al chiaro di luna... da solo.

Sentendosi un gran figlio di buona donna, tornò alla reception e si diresse verso il parcheggio. Forse Shar aveva ragione. Non riguardo ai sentimenti di Gage nei suoi confronti, perché su di essi aveva torto marcio. Gage si era innamorato di lei e nulla poteva cambiare quel fatto. Ma per quanto riguardava suo padre e la sua vita, forse era vero che si era concentrato su di lei per non pensare a tutti gli altri problemi.

Si infilò in macchina e sbatté la portiera. Dopo aver acceso il motore, uscì dal parcheggio. Le gomme stridettero mentre imboccava la strada e accelerava verso la casa presa in affitto. Senza nemmeno prendersi la briga di aprire il garage, parcheggiò nel viale, raggiunse a grandi passi la porta ed entrò.

Dopo aver fatto tappa nella cucina buia, illuminata solo dalla luce della luna che penetrava dalle grandi finestre, uscì in veranda. Avrebbe impiegato parecchio tempo ad addormentarsi... se mai ci sarebbe riuscito.

Shar lo aveva messo in guardia. Gli aveva detto che non era in cerca, ma lui aveva insistito. Era stato lui a corteggiarla, a baciarla. Tutto era iniziato per mano sua e Shar non aveva mai smesso di avvisarlo. Anche quando lei non aveva espresso il concetto a parole, Gage aveva colto l'antifona dal suo sguardo e da diversi indizi.

Ma aveva insistito comunque. Aveva creduto a quello che gli suggerivano il suo sguardo e i suoi sensi: che Shar provasse ciò che provava lui, ma rifiutasse semplicemente di prenderne atto.

Si era forse sbagliato riguardo ai sentimenti di lei?

O forse era Shar che si stava nascondendo dalle

proprie emozioni? O magari da qualcos'altro?

Erano quasi le tre del mattino quando, senza avere la più pallida idea di come procedere con Shar, Gage si alzò finalmente dalla sedia, inumidita dalla nebbia notturna che si era sollevata nel frattempo. Quando entrò in casa, si accorse che c'era particolarmente buio. *Era così anche prima?* Ora che la luce della luna non entrava più in casa, si rese conto che le spie blu dei pannelli elettrici del microonde e dei fornelli erano spente. Così come tutte le altre.

Era saltata la corrente.

Estrasse il cellulare dalla tasca, accese la torcia e tornò in garage in cerca della centralina. La trovò in uno sgabuzzino, dietro un mucchio di scatoloni. Dopo aver appoggiato il cellulare, Gage spostò gli scatoloni. Ma quando fece per aprire la centralina, urtò la prima scatola della pila con un braccio, facendola cadere a terra. "Perfetto," borbottò, osservando la centralina per cercare di capire se si fosse bruciato qualcosa. *No.* Avrebbe dovuto chiamare l'azienda ele–

All'improvviso le luci si accesero, illuminando la stanza a giorno.

Ottimo. Almeno quello era un problema che non avrebbe dovuto risolvere.

Vide che la scatola caduta era piena di libri. Si inginocchiò, raddrizzò lo scatolone e cominciò a riporvi il contenuto rovesciatosi. Vide che una fotografia era scivolata fuori da uno dei volumi e sporgeva per metà da esso. Fece per rimettercela dentro, ma si fermò: era una foto di suo padre. *Cosa ci faceva una foto del padre di Gage in quella casa?*

CAPITOLO TREDICI

Shar teneva Rufus stretto tra le braccia e le sue emozioni ancora più strette. Era completamente anestetizzata da quando aveva voltato le spalle a Gage. Aveva dovuto concentrarsi su Cali: quello era il momento di sua sorella e nulla, nella vita di Shar, avrebbe dovuto interferire col fatto che doveva avere un banchetto nuziale perfetto e partire per la luna di miele tra abbracci, baci e uno splendido evento.

Il fatto che Shar stesse cadendo a pezzi dall'interno era di scarsa importanza. Perlomeno, lo era stato allora. Ora, mentre fissava fuori dalla finestra nella notte scura e tetra, era completamente fuori di sé, e tutto per colpa di Gage. *Dannazione a lui!*

Grattò Rufus sulla testa, poi tuffò il viso nel collo ispido del cane. "Perché, perché, perché mi sono cacciata in questo guaio, Rufus?"

Al suono del proprio nome, il cucciolo abbaiò.

Shar sospirò e sollevò lo sguardo. Erano quasi le due e una lunga giornata la attendeva in meno di cinque ore. Doveva cercare di dormire almeno un po'. Chissà, forse la situazione avrebbe avuto un aspetto migliore alla luce del giorno.

Si era appena infilata a letto quando saltò la corrente.

Fantastico. Davvero fantastico.

C'era buio pesto, perché nel frattempo si era alzata la nebbia, coprendo la luce della luna. Rufus, che fino a quel momento era stato acciambellato ai suoi piedi, risalì lungo le coperte e si mise comodo contro il suo petto.

"Hai ragione, piccolo. Nemmeno io posso farci nulla, al momento, per cui rimarrò qui a farti le coccole."

Chiuse gli occhi e rimase lì. Il tempo passò. Shar aprì gli occhi e fissò il soffitto... o almeno il punto dove il soffitto avrebbe dovuto essere. Non poteva vederlo, per cui fissò l'oscurità... e pensò a Gage.

Quando l'alba illuminò l'orizzonte, Gage aveva trovato ulteriori foto di suo padre in compagnia di una donna che non conosceva. Shock e addirittura rabbia avevano accompagnato il ritrovamento di ciascuna foto. In alcune di esse c'era anche un bambino molto piccolo. E quel bambino non era Gage.

Chi erano quelle persone?

Cosa ci facevano quelle fotografie in quella casa? Gage aveva delle domande e avrebbe ottenuto risposte in poche ore, quando avrebbe cominciato a chiamare l'ufficio e gli avvocati di suo padre. Non sapeva a chi altri rivolgersi per trovare dei chiarimenti. Larry Stewart era stato amico e avvocato di suo padre per anni; se c'era qualcuno che poteva conoscere quella donna, doveva essere lui. Ma c'era un'altra domanda a cui Gage desiderava risposta: perché Kym lo aveva mandato lì? Non poteva essere una coincidenza. Impossibile.

Fissò l'album fotografico aperto sull'isola della cucina. Era da un pezzo che lo guardava. La donna era molto bella: aveva i capelli biondi e dimostrava grossomodo l'età di suo padre, forse una decina di anni in meno. Questo significava che ora doveva essere a cavallo tra i quaranta e i cinquant'anni. Certo, era più giovane di suo padre, ma sembravano felici insieme. Suo padre sembrava felice.

C'erano foto dei due su una barca a vela nella baia. Foto dei due sulla spiaggia, nelle quali suo padre sorrideva. L'uomo non sembrava semplicemente felice: sembrava più felice di quanto Gage lo avesse mai visto.

Gage controllò l'ora sul telefono e pensò di svegliare Kym o Larry; invece andò in bagno e fece una doccia di cui aveva molto bisogno. I suoi pensieri corsero a Shar, come capitava sempre a quell'ora del mattino.

Dov'era andata a correre quel giorno? Cosa avrebbe salvato questa volta?

Gage avrebbe voluto andare a cercarla, dirle che aveva esagerato e prometterle di rallentare il passo. Ma invece decise che le avrebbe lasciato spazio. E nel frattempo avrebbe affrontato i suoi problemi, quelli nuovi: la necessità di scoprire chi era stato suo padre lontano da Manhattan.

L'uomo era morto a cinquantanove anni; troppo giovane. Ed era chiaro che aveva avuto dei segreti.

Mezz'ora dopo, Gage scese al piano di sotto, prese il cellulare dal bancone e uscì in terrazza per chiamare Kym.

La donna rispose al primo squillo. "Finalmente mi ha chiamato," esclamò. "Benjamin, se lei non fa qualcosa, l'affare di Londra salterà. Ci stanno col fiato sul collo. Io li sto tenendo a bada, ma temo che se non avrò presto una risposta per lo–"

"Non ti pago per dirmi cosa devo fare, Kym," esclamò bruscamente Gage; poi fece una smorfia e sospirò. "Senti, ci penserò io. Ma ora voglio sapere perché ho appena trovato delle foto di mio padre nella casa che hai preso in affitto per conto mio."

Silenzio.

"Perché… senta, se solo lei volesse tornare a casa per la lettura del testamento… Anche il signor Stewart ha chiamato. Ha lasciato detto che dovrebbe contattarlo il prima possibile."

"Perché queste foto sono qui, Kym? Tu sai qualcosa; voglio saperlo anch'io." Gage era più severo di quanto fosse mai stato con lei. In condizioni normali non si comportava mai in quel modo, ma quella non era una situazione normale ed era palese che Kym gli stava tenendo nascosto qualcosa di importante.

"Perché quella è casa sua."

Le parole della sua assistente non furono una grande sorpresa. Gage aveva esaminato tutto ciò che sapeva della situazione e si rendeva conto che quella non poteva essere una coincidenza. "E come mai tu lo sapevi e io no?"

"Perché una volta, quando la signora Davies era malata, mi chiese di occuparmi della prenotazione di una casa. C'era stato un problema con l'agenzia immobiliare, che aveva commesso degli errori, e lei non poteva occuparsene perché stava male. Mi disse che l'incidente non avrebbe dovuto essere menzionato a nessuno. Assolutamente nessuno, lei compreso."

"E come mai?" Gage non menzionò il contenuto delle foto. Non intendeva farlo prima di aver capito se Kym avesse idea di chi fossero quelle persone.

"Onestamente, non lo so. E poi, ecco, quando lei mi ha detto di aver bisogno di un posto dove andare e sparire per un po', mi sono ricordata della casa e ho pensato che sarebbe stata una buona soluzione. Io… La casa è sempre stata affittata. Non avevo idea che ci fossero delle foto. Sono sicura che, se verrà alla lettura del testamento, tutto le sarà chiaro."

"Chiamo Larry." Gage fece per mettere giù, poi si fermò. "E ti farò sapere quando avrò risolto la situazione a Londra. Informali che presto darò loro una data."

"Lo farò. E le chiedo scusa. Non volevo–"

"È tutto a posto. Ora devo andare."

Chiamò subito Larry.

L'ospedale era impegnato con le visite guidate e Shar fece del suo meglio per restare nell'ombra. Aiutò a sfamare le tartarughe, poi diede una mano ad Alex con le medicine.

Quel giorno John era di riposo e lei stava svolgendo le sue mansioni.

"Allora, ieri sera ti ho vista ballare con Gage al matrimonio. Come vanno le cose tra voi?"

Shar sollevò di scatto lo sguardo dal portablocco sul quale stava prendendo appunti e Alex spalancò gli occhi. "Addirittura? Avevo l'impressione che ci fosse qualcosa tra–"

"Non voglio parlarne adesso."

"Ehi." Alex sollevò le mani in un gesto di resa. "Era solo un'osservazione."

"Beh, evita."

Tornarono entrambi al lavoro, ma i pensieri di Shar erano ora concentrati su Gage. Bastò un minuto perché lei non riuscisse più a mantenere il silenzio. "Testardo," borbottò.

"Potrei pensare che tu stia parlando di me, ma a occhio e croce credo che ti riferisca a Gage."

"E hai ragione. Quell'uomo… gli avevo detto che non intendo iniziare una relazione seria con nessuno, ma lui continua a dirmi che ha intenzioni serie. Lo conosco da, quanto? Sette giorni! Non ci si può innamorare in sette giorni. È impossibile." Shar tamburellò con la penna sul portablocco e guardò storto, senza vederle, le parole scritte sul foglio. Dopo qualche istante, si rese conto che Alex non aveva detto nulla. Sollevò lo sguardo e vide che l'uomo la stava osservando con aria perplessa. "Insomma, che c'è?"

"Tu… sei arrabbiata con quell'uomo perché ti ha detto che ti ama?"

Shar si appiccicò una mano chiusa a pugno al fianco. "Ma hai sentito quello che ti ho detto?"

Alex parve indifferente. "Sì, beh, immagino che quel tizio non possa fare molto per controllare i propri sentimenti."

Shar lo fulminò con lo sguardo. Non era quello ciò che voleva sentirsi dire.

"Senti, Shar, non guardarmi così. Io sono tuo amico. Ma questo non cambia il fatto che ho dovuto accettare l'idea che non sarò mai nulla di più. E questo perché lo hai deciso tu."

"Cambia argomento, Alex. Noi siamo amici. Non

posso essere altro per te. Ma sai che ti ho sempre voluto bene, fin dai tempi della scuola. Come amico."

Alex sembrava frustrato, ma avevano già fatto quel discorso. Shar non era entrata nel dettaglio, quel giorno in cui Gage le aveva chiesto di Alex, perché non ne aveva visto la necessità. *Ma ora, considerato che Alex poteva pensare che–*

"Shar, ascolta, io capisco. Davvero. Ma devo dire che l'altra sera, quando ho visto il modo in cui ti guardava Gage, ho avuto una fitta allo stomaco. Non posso non rimpiangere che tra noi non ci sia qualcosa di più. Ma questo è un problema mio. Ora tu sei diversa. Guardavi Gage in modo diverso. C'era… beh, francamente, tra voi c'era un fuoco che rivaleggiava con quello tra Cali e Grant. Sarai anche arrabbiata con lui, ma menti a te stessa se credi di non provare nulla. E non mi importa se sono trascorsi sette giorni o due anni: quando qualcosa ti prende, ti prende, e finora l'unica cosa che ho visto generare tanta passione in te è stata salvare le tartarughe di mare."

Shar era rimasta a bocca aperta; la chiuse di scatto mentre rifletteva sulle parole di Alex. "Ma–"

La radio nell'angolo si attivò. La voce di Odell, del centralino, crepitò. "Emergenza. Tartaruga di mare in pericolo alla base di Lookout Point."

La base di Lookout Point era collegata alla spiaggia del resort. Shar e Alex si misero in moto contemporaneamente e corsero all'ambulanza.

Shar mise da parte i suoi problemi personali mentre saliva al posto del passeggero e si allacciava la cintura. L'adrenalina scorreva potente in lei mentre Alex prendeva posto al volante e le lanciava un'occhiata.

"Ce la fai?"

Shar annuì. "Va tutto bene. Andiamo a salvare una tartaruga."

CAPITOLO QUATTORDICI

Gage scese dall'auto e fissò il resort. Il suo borsone era sul sedile del passeggero; l'aereo privato sarebbe arrivato all'aeroporto entro un'ora. Aveva cercato di convincersi a partire e basta, ma non poteva farlo senza almeno dire addio a Shar.

Aveva parlato con Larry Stewart e non poteva più posticipare il ritorno. Aveva delle responsabilità e i dipendenti della compagnia avevano bisogno di sapere che, nonostante la morte improvvisa del padre di Gage, tutto sarebbe andato bene. E lui doveva trattare l'affare di Londra. Ma prima bisognava leggere il testamento;

Larry gli aveva assicurato che esso conteneva delle informazioni che sarebbero state rivelate solo al momento della lettura. Fino ad allora, l'avvocato non poteva condividerle con Gage. Il quale era rimasto nascosto troppo a lungo.

E tuttavia, non era riuscito a passare vicino al resort senza fermarsi. Detestava andarsene, non solo per via di Shar, ma anche perché c'erano tante cose che avrebbe voluto fare con lei su quell'isola e che non era riuscito a fare. Non aveva accettato l'offerta di Jax di passare dalla Lagoon Adventures. Non era andato a fare snorkeling con Jake.

E non aveva convinto Shar che la amava.

Aveva lasciato degli affari in sospeso a New York e stava per lasciare degli affari in sospeso anche lì. Stava diventando un'abitudine. Ma Gage non aveva intenzione di lasciare qualcosa di inconcluso. Non lo aveva mai fatto.

E tuttavia, in quel momento lo attendeva New York.

Chissà, forse lui e Shar avevano davvero bisogno di trascorrere un po' di tempo lontani.

Era a metà del parcheggio quando udì la sirena. Riconobbe il suono e si voltò per vedere l'ambulanza dell'Ospedale delle tartarughe di mare di Windswept Bay che correva ruggendo lungo la strada. L'adrenalina esplose in lui; fece un passo verso la macchina. Poteva darsi che ci fosse bisogno di aiuto, per non parlare del fatto che lui sapeva che, dove c'era quell'ambulanza, c'era anche Shar. Aveva appena allungato una mano verso la maniglia della portiera, aspettandosi che l'ambulanza oltrepassasse in volata il resort; avrebbe dovuto fare in fretta per raggiungerla o quantomeno non perderla di vista. Ma, con suo stupore, l'ambulanza rallentò, per poi imboccare il viale del resort e oltrepassare a gran velocità Gage e il parcheggio per raggiungere un cancello in fondo alla proprietà. Shar scese d'un balzo dal sedile del passeggero, corse al cancello e lo spalancò. Gage corse per raggiungerla e lo fece proprio mentre l'ambulanza entrava nell'apertura.

"Shar," esclamò, attirando l'attenzione della donna. "Che succede?"

La sorpresa illuminò il viso di lei quando lo vide.

"Hanno trovato una tartaruga di mare sulla spiaggia; è in condizioni molto gravi. È stata colpita dall'elica di una barca."

Shar stava cominciando a chiudere il cancello, mentre l'ambulanza l'aspettava. "Vai." Gage prese il cancello. "Ci penso io qui."

La donna annuì e non perse tempo: corse alla portiera aperta dell'ambulanza e saltò a bordo. Subito il veicolo cominciò a muoversi lungo la sabbia in direzione della spiaggia. Gage chiuse il cancello e corse a raggiungerlo. Aveva lasciato la giacca del completo in macchina, ma indossava una camicia di sartoria bianca e frusciante assieme ai pantaloni del completo e a delle scarpe italiane… insomma, un abbigliamento del tutto inadatto alla sabbia e al bagnasciuga. Ma non aveva importanza: Shar era preoccupata per le condizioni della tartaruga e avrebbe potuto necessitare del suo aiuto.

L'ambulanza era ferma alla base di Lookout Point. Gage si fece largo tra la folla e vide Shar e Alex accanto a un'enorme tartaruga ancora nell'acqua bassa. La situazione sembra piuttosto grave.

L'animale aveva una grossa spaccatura nel carapace, la quale rivelava una ferita terribile, e un grosso taglio sulla testa. La visione gli provocò il voltastomaco, ma Gage ignorò la sensazione e si fece avanti.

"Cosa posso fare?" chiese mentre entrava di corsa in acqua.

I capelli di Shar erano sospesi nel vento e nei suoi occhi c'era un fuoco simile a quello della prima volta in cui Gage l'aveva vista. Era come un incendio. *Santo cielo, la amo con ogni fibra del mio essere.* Dio aveva creato una regina guerriera quando aveva dato vita a Shar e lei aveva realizzato la propria vocazione. Il cuore di Gage andò a sbattergli contro le costole quando la donna sollevò su di lui uno sguardo duro.

"Dobbiamo portarlo a riva."

"Aiutala. Io vado a preparare la barella." Alex lasciò andare la tartaruga, quindi fece una pausa. "È bello vederti, Gage. Ci sarai d'aiuto." Poi corse verso l'ambulanza.

Shar stava tenendo stretta la tartaruga, che era chiaramente messa male. Da vicino, la situazione sembrava ancora più grave di quanto Gage avesse sospettato. Afferrò la tartaruga e aiutò a reggerne il peso.

Shar lo guardò. "Ti rovinerai i vestiti," disse bruscamente, "ma grazie."

"Sono solo vestiti, Shar. Questa è una tartaruga di mare e ha bisogno di noi."

Shar spalancò gli occhi; poi sbatté rapidamente le palpebre e Gage capì che stava trattenendo le lacrime. "È ferito gravemente. La spina dorsale è esposta e…e non va bene," riuscì a dire a fatica.

Gage le sorrise dall'altra parte del guscio della tartaruga. "Ci siete tu, Alex e l'ospedale ad aiutarlo. Se la caverà."

Shar annuì e trasse un respiro profondo; poi si schiarì la voce. Guardò le persone assiepate sulla spiaggia, che stavano osservando la scena con aria molto preoccupata. "Ho bisogno di voi tre," disse, rivolgendo un cenno del capo a un gruppo di ragazzi dall'aria robusta. "Potete darci una mano?"

In un istante le lacrime erano svanite e la guerriera era tornata a prendere il controllo della situazione.

I ragazzi muscolosi si fecero subito avanti. A giudicare dalla rapidità della loro reazione, Gage pensò che probabilmente aspettavano solo il permesso di aiutare.

"Cosa vuoi che facciamo?"

Shar annuì in direzione dell'ambulanza, dalla quale Alex stava tirando fuori una lettiga. "Il mio collega sta portando qui una lettiga. Dobbiamo farla passare sotto la tartaruga; dopodiché dovremo metterci tutti di impegno per portarlo fino all'ambulanza e sul sollevatore. È bello grosso."

"Nessun problema," disse uno dei ragazzi; gli altri annuirono.

Alex li raggiunse. La lettiga era formata da grossi pali e da tela robusta.

"Prendi questo." L'uomo porse un lato della lettiga a Gage. "Come ha detto Shar, dobbiamo infilare la lettiga sotto la tartaruga; poi lo tireremo su."

Shar staccò una mano dalla tartaruga e indicò i fianchi dell'animale. "Voialtri, afferratelo. Tenetelo fermo e a galla. Alex e Gage gli faranno passare sotto la lettiga."

Lavorando insieme, il gruppo riuscì a fare in modo che la tela finisse sotto il corpo della tartaruga e i pali su entrambi i lati. Ci volle meno di quanto aveva pensato Gage. I ragazzi erano fantastici e, dalle loro espressioni, era chiaro che avvertivano l'irriducibile ondata di adrenalina provocata dalla consapevolezza che stavano salvando una creatura magnifica. Proprio come si sentiva lui tutte le volte che dava una mano.

"Ora afferrate i pali. Al mio tre, solleviamolo e avviamoci verso la riva." Shar afferrò il palo al centro. Gage, accanto a lei, prese l'estremità; due ragazzi si posizionarono accanto ad Alex e un altro afferrò l'estremità del palo dall'altra parte di Shar.

La donna contò fino a tre e tutti insieme sollevarono. La tartaruga era un peso morto e per di più titanico: Gage stimò che dovesse pesare attorno ai centottanta chili. Era molto più grossa di Don Giovanni.

Quando ebbero finalmente caricato l'animale, Shar salì a bordo dell'ambulanza assieme alla tartaruga.

"Va tutto bene?" chiese Gage mentre iniziava a

chiudere il portellone dell'ambulanza alle spalle della giovane.

"Tutto a posto."

Gage avrebbe voluto aggiungere altro, ma quello non era il momento. "D'accordo. Buono a sapersi."

Gage chiuse il portellone.

Alex stava parlando coi ragazzi. "Passate pure quando volete per vedere come sta. Siete stati voi a chiamarci?"

"Esatto."

Il robusto giovane biondo fece spallucce. "Sembrava ferito. Chad si è ricordato di aver visto l'insegna dell'ospedale e ha cercato il numero su Google."

Chad sembrava preoccupato. "Se la caverà?"

"Speriamo di sì. È ferito gravemente, ma dato che l'avete trovato, ci sono speranze. Ora dobbiamo andare, ma voi venite pure all'ospedale quando volete. Vi terremo aggiornati. Ah, e abbiamo bisogno di un nome. Spetta a voi darglielo."

I ragazzi si illuminarono in viso. Chad sorrise. "Noi siamo dei Mustang: è il nome della nostra squadra di football. E non ci arrendiamo mai. Quest'anno abbiamo vinto il campionato statale. Chiamatelo così."

"Sì," disse uno dei ragazzi più robusti. "Mustang."

"Ce la farà," aggiunse il biondo. "Non si arrenderà. È arrivato fino alla spiaggia, no?"

Alex fece un gran sorriso. "E Mustang sia. Ora dobbiamo andare. Siete stati bravi."

Gage stava già prendendo posto sul sedile del passeggero quando Alex si mise al volante. L'uomo gli sorrise e avviò il motore. "Tieniti stretta, Shar. Stiamo per partire. E abbiamo un passeggero."

Gage guardò nel vano dell'ambulanza e vide Shar che si stava guardando alle spalle. I loro sguardi si incrociarono e la giovane annuì. "Sbrigati, Alex. Ho già messo la flebo," fu tutto ciò che disse mentre si voltava e cominciava a togliere sacche di liquido dagli scaffali.

Gage non si allacciò subito la cintura, ma aspettò, in modo da poter saltare giù dall'ambulanza e aprire il cancello. Quando risalì, Shar si guardò alle spalle.

"Grazie per l'aiuto, Gage."

"Non potevo esimermi. Andiamo, Alex."

Tre ore dopo, Shar uscì dalla sala operatoria. Stanca, ma ottimista, si tolse i guanti di vinile e li buttò nella spazzatura. Aveva molto di cui essere grata: era un miracolo che Mustang fosse arrivato fino alla spiaggia e che quei giocatori di football lo avessero visto mentre era in difficoltà. Mustang era stato molto fortunato a non arrivare in spiaggia già morto.

E dato che non c'era sempre un chirurgo all'ospedale in attesa di eventuali tartarughe ferite, erano stati fortunati che ce ne fosse uno al Marathon Keys Hospital e che questi avesse appena concluso un intervento programmato. Mustang non aveva tempo perché ne programmassero un altro. Il chirurgo era salito su un elicottero ed era arrivato in meno di un'ora, e ora Mustang se ne stava saldamente aggrappato alla vita.

Era giunto il momento di vedere Gage. Dopo aver aiutato la squadra a portare Mustang in sala operatoria, l'uomo aveva chiesto in prestito il telefono di qualcun altro e si era immerso in una fitta conversazione nel parcheggio.

Shar e Alex si erano dati una bella pulita per aiutare il chirurgo nell'intervento, dato che John non c'era. Ciò era avvenuto tre ore prima. Ora Shar si mise a cercare Gage, ma non lo trovò. Uscì a cercarlo e fu allora che si rese conto che non c'era. Era partito.

Aveva il petto serrato dall'emozione mentre rientrava nell'edificio.

Odell fece capolino con la testa dall'ufficio del centralino. "Se stai cercando quel bel pezzo d'uomo che era qui, ho un biglietto per te."

"Perché non me l'hai detto prima?" Shar prese il biglietto dalla mano tesa di Odell.

"Immaginavo che ti interessasse," disse sorridendo la donna matura.

"Grazie," disse Shar. "Lui se n'è andato?"

"Sì. Ha preso un taxi più di un'ora fa. Non che sembrasse felice. Ti ha scritto questo biglietto e mi ha chiesto di dartelo non appena fossi uscita dalla sala operatoria."

Shar aveva la sensazione che il suo stomaco si

fosse fatto senza fondo mentre usciva e strappava la busta.

Shar,

Oggi hai fatto la differenza. Come sempre. Continua così. Io sono dovuto partire. Ci sono delle persone che mi aspettano e non posso venire loro meno. Come hai detto tu stessa, ho dei problemi da affrontare.

Sei stata fantastica e lo sarai sempre. Ma d'altro canto, ho scoperto che quando sono da qualche parte con te... devo aspettarmi cose fantastiche.

Gage

Le vennero le lacrime agli occhi. Gage se n'era andato.

Shar rimase ferma dov'era e si guardò attorno mentre il panico cresceva in lei. Aveva fatto un macello. Dov'era Gage?

Era stato fantastico.

Era apparso dal nulla, come se fosse uscito da *GQ,* con un completo fatto su misura... ed era corso in acqua senza preoccuparsi del fatto che si stava rovinando i vestiti. Semplicemente, aveva voluto salvare una tartaruga di mare.

Dal primo momento in cui l'aveva visto, Gage aveva dimostrato di avere a cuore ciò che importava a Shar. Aveva stabilito con lei un legame che nessuno aveva mai stabilito in passato. Ma così aveva fatto Shar con lui.

Nonostante volesse negarlo, non poteva combattere l'amore che provava per lui dicendosi che temeva che, in qualche modo, confessare di volergli bene avrebbe cambiato la sua natura, perché ora sapeva che ciò era falso. Lo amava.

Doveva vederlo. Doveva… doveva parlargli… doveva dirglielo.

Aveva *bisogno* di vederlo.

Corse all'interno dell'ospedale. "Odell. Dov'è andato?"

"Tesoro, te l'ho già detto: non lo so. Ma ho sentito che era al telefono con qualcuno e sono abbastanza sicura che quel qualcuno fosse all'aeroporto."

"Grazie. Di' ad Alex che sono dovuta scappare."

"Nessun problema."

Shar si voltò di scatto e trovò Alex sulla soglia. "Stai attenta in macchina. E non fare la stupida. Dagli una possibilità."

Shar rise. "Ora dimmi quello che pensi davvero."

"Non fare la stupida. E adesso vai."

Shar stava già cercando le chiavi mentre si dirigeva verso l'uscita.

Gage aveva almeno un'ora di vantaggio. Sarebbe stato difficile, ma Shar doveva tentare…

E non ce la fece.

Un'ora dopo era all'aeroporto e si sentiva assolutamente devastata per non aver visto Gage. Non aveva idea di come trovarlo, se ancora era lì.

L'unica informazione in suo possesso era il fatto che Gage avesse mostrato l'intenzione di tornare a New York, e tutti i voli per New York erano già partiti. Per cui, eccola lì: in mezzo al terminal, a chiedersi come le fosse venuto in mente che sarebbe riuscita a trovarlo in aeroporto.

Non era in un film, dove forse avrebbe potuto raggiungerlo prima che questi passasse la security. E non sembrava nemmeno il genere di film in cui l'uomo decideva all'improvviso di non salire sull'aereo e attraversava di corsa l'aeroporto per stare con lei. No, quella era la vita vera e c'erano persone dappertutto. Era la vita vera e cose come quella non succedevano.

Non a lei, almeno.

E ora non aveva la più pallida idea di cosa fare.

Si sfregò le braccia fredde e attese al centro della zona delle biglietterie, nel caso si fosse sbagliata e Gage fosse destinato a fare la sua comparsa.

Ma no, quella non era una fiaba. Né un film romantico.

Ma quanto avrebbe voluto che lo fosse.

CAPITOLO QUINDICI

Gage non avrebbe voluto lasciare la Florida. E dopo aver aiutato a salvare la tartaruga, avrebbe quanto meno voluto salutare Shar. Forse lei non lo gradiva nella sua vita, ma Gage avrebbe comunque preferito salutarla.

Ma alla fine, con la donna bloccata in sala operatoria, lui non aveva avuto alternative. Per cui le aveva lasciato un biglietto. Doveva essere nell'ufficio di Stewart quel pomeriggio stesso. Larry aveva posticipato l'incontro dalle quattro alle sei, in modo che l'aereo di Gage avesse il tempo di arrivare dalla

Florida. Subito dopo essere atterrato, Gage era salito a bordo di un elicottero che l'aveva portato fino una pista d'atterraggio in cima all'edificio che ospitava gli uffici di Stewart e quelli della Lancaster Industries.

"Fammi capire: mi stai dicendo che ho un fratello minore?" Larry non era stato poco chiaro; tutt'altro. Ma Gage non era ancora riuscito a prendere atto di ciò che aveva detto l'avvocato mentre leggeva il testamento di suo padre.

"Hai sentito benissimo. Come lui stesso ha messo per iscritto, tuo padre ha avuto un altro figlio da Elisabeth Jackson. Lui e quella donna non si sono mai sposati, anche se posso dirti che non è stato perché tuo padre non lo volesse. Fu lei a rifiutare. Tuo fratello si chiama Brandon Jackson; tu avevi quattro anni quando è nato."

Gage si alzò e attraversò la stanza, fermandosi a guardare fuori dalla finestra del grattacielo. Erano al ventesimo piano; in lontananza si intravedeva l'Empire State Building.

Ho un fratello.

La novità iniziò a far presa su di lui. Gage si voltò.

"Dove vive? Che lavoro fa? Perché sono stato informato solo ora della sua esistenza?" Aveva così tante domande e nessuna risposta.

"Tuo padre avrebbe voluto dirtelo. Ma è morto prima di averne l'occasione. Quando tu avevi sette anni, Elizabeth portò via Brandon dalla casa di Windswept Bay e svanì nel nulla. Tuo padre non è riuscito a ritrovarli prima di morire."

Gage rise aspramente. "Prima di averne l'occasione? Quanto può essere difficile dire a qualcuno una cosa del genere?" A quanto pareva, più di quanto lui immaginasse, considerato che suo padre era morto mentre ancora cercava di trovare il modo giusto di dargli la notizia. "Avrei potuto aiutarlo a cercare mio fratello."

Larry si tolse gli occhiali e si sfregò il ponte del naso. "Siediti, Gage. Ti dirò tutto quello che so."

Gage ribolliva di rabbia. Una rabbia che si era accumulata in lui da quando aveva trovato la prima foto raffigurante suo padre e la vita segreta di lui. Una vita nella quale egli sembrava essere stato più felice e soddisfatto di quanto Gage lo avesse mai visto. Una vita nella quale aveva avuto un figlio che aveva portato in spalla. Un figlio con cui si era seduto sulla spiaggia a costruire castelli di sabbia. Tutte cose che con Gage non aveva mai fatto.

"Ma sì, perché no?" Gage si sedette e fissò Larry. "Spara. Dimmi tutto."

"Shar, devi uscire da questa situazione."

Jillian sollevò lo sguardo mentre stava scavando in una delle aiuole di fiori del resort. Aveva un'intera squadra di giardinieri da dirigere e ai quali delegare compiti, e tuttavia avvertiva il bisogno di sporcarsi le ginocchia e le mani di terra almeno una volta al giorno. Shar sedeva su un grosso masso decorativo a fissarla.

"Sono solo seduta. Cos'è, un crimine?"

Jillian esalò un sospiro esasperato. "Sharleen Sinclair, è proprio questo il problema. Tu non stai mai seduta. Per te, farlo è un crimine. Ora, io non perdo spesso la calma e di sicuro lo faccio meno di te. Ma se non ti dai una mossa, giuro che mi farai andare fuori dai gangheri. Sai bene che sono tre settimane che ti piangi addosso e io non ce la faccio più. Hai due possibilità: puoi salire su un aereo, andare a New York e sistemare qualunque cosa ci sia che non va tra te e Gage. O puoi tornare a essere la mia super-sorella invincibile, determinata e… e come sei di solito. Tu sei quella donna, Shar, non questa persona piena di esitazione."

Si guardarono storto a vicenda.

Shar si stava comportando da stronza. Glielo aveva detto anche Alex. E tuttavia, continuava a fare la difficile. Il problema era che, al momento, non era sicura di nulla, se non del fatto che sentiva la mancanza di Gage. Tutto ciò a cui riusciva a pensare era il fatto che lui le aveva detto che l'amava e che lei, fondamentalmente, gli aveva detto il contrario.

E ora lui se n'era andato.

Jillian si alzò, si mise le mani sui fianchi e la osservò. "Ma è proprio questo il problema, vero? Mia sorella, che un tempo sapeva esattamente chi era, all'improvviso non ne è più tanto sicura."

Shar respirò faticosamente e distolse lo sguardo.

"Tesoro." Jillian si lasciò cadere sul masso

accanto a lei. "Di cosa hai paura? Tutti cambiamo. Ci evolviamo. Tu ami quell'uomo; non c'è nulla di male in questo."

"Non è proprio così. Voglio dire, ho pensato a lungo che, se avessi ceduto alle emozioni che provavo quando ero con lui, avrei perso me stessa. Ma ora non so come ammetterlo. Insomma, so di amarlo e voglio dirglielo… ma lui se n'è andato e non mi ha più chiamata. E se avesse cambiato idea?"

"Alzati in piedi, fai i bagagli, sali su un aereo e vai a dirgli quello che provi. È semplicissimo. Tira fuori quello che hai dentro."

"E se fosse troppo tardi? E se non fosse troppo tardi e lui si rendesse conto che sono irritabile, autoritaria e a volte intratta–"

"Lo sa già. Lo sanno tutti," disse Jillian con una risata roca. "Smettila di prenderti in giro. Tu salvi di tutto; ora alzati e salva te stessa."

Shar ci pensò su. E si alzò. "Devo andare a casa a riflettere."

"Ottimo. Non preoccuparti di nulla. Quando avrò finito di lavorare, passerò a prendere Rufus. Può stare con me.”

“Non ho detto che andrò.”

“Tu andrai e lo sai benissimo.”

Shar levò gli occhi al cielo. “Va bene, d’accordo, vado. Ma se Gage mi respinge, non ti rivolgerò più la parola.”

Jillian rise. “Via da qui. Ora. O mi metto a tirarti della terra.”

“Va bene.” Shar si avviò verso il parcheggio, ma poi si voltò e strinse Jillian in un abbraccio. “Grazie, sorella. E comunque vada, non smetterò mai di parlarti.”

Jillian ricambiò l’abbraccio. “Lo so. Ora sbrigati. Vai a realizzare i tuoi sogni.”

Shar rise e si diresse verso la macchina. Questa volta sarebbe andata fino in fondo; non sarebbe tornata prima di aver trovato Gage. Prima di essere uscita allo scoperto e avergli detto la verità.

Lo amo.

E questo la spaventava a morte.

Stava ficcando dei vestiti in una valigia quando Rufus cominciò a dare di matto, mettendosi ad abbaiare in salotto. "Calmati, Rufus," esclamò lei. Quando il cane non smise di abbaiare e qualcuno bussò alla porta, Shar smise di tirar fuori vestiti dall'armadio e andò a vedere cosa c'era che non andava. Si fermò quando vide Gage in veranda; Rufus era in piedi con entrambe le zampine anteriori appoggiate alla finestra e scodinzolava come un pazzo mentre abbaiava furiosamente.

Il cuore di Shar prese il volo assieme alle farfalle a razzo che volavano nel suo petto.

"Apri la porta, Shar. Ti prego," esclamò l'uomo.

Finalmente Shar reagì e raggiunse la porta. "Che ci fai qui?"

"Sono venuto a trovarti." Gage si chinò a raccogliere l'agitatissima palla di pelo e rise mentre accarezzava Rufus; quindi mise giù il cucciolo e fece un passo verso di lei.

Shar avrebbe voluto gettarsi tra le sue braccia, ma resistette, trattenuta dalla pura e semplice forza di volontà. "Sei sparito da più di tre settimane. Non mi hai più chiamato. Non hai chiesto come stavano Mustang o Rufus." *O la sottoscritta.* "Sei semplicemente scomparso."

Gage sorrise, un sorriso lento e del tutto disarmante. "Ti sono mancato."

"Te ne sei andato."

"Ti sono mancato." Gage entrò in casa e si chiuse la porta alle spalle. Shar fece un passo indietro e lui fece un altro verso di lei. "Confessa."

Shar non disse nulla. *Una ragazza deve pur conservare un minimo di orgoglio.*

Gage la circondò con le braccia e la strattonò per avvicinarla a sé. "Mi sei mancata."

"Hai uno strano modo di dimostrarlo." *Cosa sto facendo?* Lo avrebbe fatto scappare di nuovo.

Gage ridacchiò. "Mi hai detto che avevo degli affari in sospeso da risolvere. Così li ho risolti. Ora mi restano solo quelli che ho qui. E tu ne fai parte. Sei la parte più importante."

Shar non riusciva a respirare. Aveva sognato di stare di nuovo tra le braccia di Gage e ora era lì. Non desiderava che restarci e sciogliersi dentro di lui. "Dove sei stato?" domandò a bassa voce.

"A concludere alcuni affari in sospeso, tra cui la

lettura del testamento di mio padre. E ora sono qui. E tu non puoi più dirmi che sono confuso o quelle altre cose che mi hai detto l'altra sera. Ti amo e sono qui. E continuerò a stare qui fino a quando non mi dirai che non c'è nulla tra noi."

Shar lo fissò e lottò per ricacciare indietro le lacrime. Poi si sciolse, gli buttò le braccia al collo, gli fece abbassare la testa e lo baciò.

Gage sorrise sotto le sue labbra, poi si unì al bacio.

Dopo un lungo momento mozzafiato, Shar si staccò. "Mi sei mancato tantissimo. Stavo per prendere un aereo e venire da te."

"Mi farai montare la testa. Vedo già i titoli: *Shar Sinclair a caccia del suo uomo*. Mi piace parecchio."

Lei rise. "Ah, dunque saresti il mio uomo?"

"Esattamente. E ti avviso: un giorno, forse non oggi né domani, ma quando sarai pronta ad accettare il fatto che il sottoscritto non ti impedirà di salvare il mondo, ti metterò un anello al dito. Ma adesso rallenteremo il passo e io ti corteggerò come si deve. Come meriti di essere corteggiata."

Shar sorrise. "Corteggiata?"

Gage annuì e le baciò la punta del naso. "Sarà una cosa lunga e tranquilla: cene, film, qualche salvataggio di tartarughe. Poi, quando crederò che il corteggiamento sia durato abbastanza a lungo da convincerti che il mio amore è concreto ed eterno, mi metterò in ginocchio e ti chiederò di sposarmi. Ma solo dopo un anno, forse due."

"Mi stai prendendo in giro."

"No, sono serissimo. Soffrirò come un cane, ma lo farò. Perché non posso vivere senza di te, Shar."

"E io non posso vivere senza di te."

L'espressione di Gage si fece completamente seria. "Dici davvero?"

"Con tutto il mio cuore."

"Wow, è stato fin troppo facile." Ciò detto, Gage chinò la testa e la baciò. Shar si sciolse tra le sue braccia mentre il fiato caldo dell'uomo si mescolava al suo.

Quando, alla fine, Gage ruppe il bacio, Shar non sapeva se il suo mondo avrebbe mai smesso di girare. Lui la prese per mano, la condusse al divano e la attirò tra le sue braccia.

"Onestamente, non mi aspettavo che mi avresti accolto tanto facilmente. Ci speravo, ma non ero sicuro."

Shar gli circondò il viso con le mani. "Ti ho seguito, quel giorno. Sono andata in aeroporto, Ma tu eri già partito. E poi non mi hai mai chiamata."

"Avrei voluto farlo. Ho preso in mano il telefono mille volte. Ma non mi sono permesso di fare quella telefonata. Volevo darti un po' di tempo per riflettere. E poi, avevo degli affari in sospeso per la compagnia e…" Fece una pausa. "Shar, ho scoperto di avere un fratello."

Shar gemette. "Davvero? E dove è stato lui per tutto questo tempo?"

"Non lo so. È una storia lunga; te la racconterò. Ma sua madre lo ha preso con sé ed è sparita. L'investigatore assunto da mio padre ha appena scoperto che potrebbe essere tornato a vivere in questa zona. Voglio trovarlo. Ma potrei metterci del tempo."

"Lui sa di essere tuo fratello?"

"Crediamo di no. Ma devo trovarlo. Innanzitutto per conoscerlo: è mio fratello. E poi, ora lui possiede metà di quello che possedeva mio padre. Deve saperlo.”

Shar abbracciò Gage. “Ti amo, Gage. E farò tutto il possibile per aiutarti a trovare tuo fratello.”

Lui la baciò di nuovo. “Sapevo che avresti detto così. Ma diamo tempo al tempo. In questo momento, voglio dare inizio al corteggiamento.”

Shar sorrise. “Sembra proprio un’ottima idea.”

Poi lui la baciò di nuovo, questa volta con una delicatezza e un’emozione tali che Shar avvertì il suo amore in ogni battito del suo cuore… mentre i loro cuori battevano all’unisono.

Com’erano nati per fare.

Altri Volumi Della Serie Di Windswept Bay

DA QUESTO MOMENTO (Volume 1)

Ferita da un matrimonio fallito e dall'infrangersi dei suoi sogni, Cali Sinclair torna a casa a Windswept Bay col cuore colmo di sospetto e chiuso all'idea di quel vero amore che un tempo desiderava disperatamente. Decisa a non mettere mai più a rischio i propri sentimenti, si getta a capofitto nella conduzione del piccolo boutique resort della sua famiglia sulla costa della Florida, un luogo così romantico da ricordarle ogni giorno tutto ciò che non avrà mai. Ma quando, un giorno, il famoso artista Grant Ellington si presenta per dipingere un murale su una parete del resort, Cali viene colta alla sprovvista dalla sua violenta reazione all'artista. All'improvviso, ogni volta che lui la guarda, Cali trova più difficile di quanto avrebbe creduto possibile proteggere il proprio cuore.

Grant Ellington ama il suo ranch, i suoi cavalli e la sua

vita di artista famoso. Ma dopo essere sopravvissuto a un incidente aereo che ha ucciso il suo migliore amico e il loro giovane pilota, è ancora afflitto dalla sindrome del sopravvissuto quando parte alla volta di Windswept Bay. Dipingere un murale marittimo al resort doveva essere, in origine, un favore fatto a un vicino, ma basta un incontro con la bella Cali perché Grant si senta di nuovo vivo… e deciso a trascorrere del tempo sulle spiagge baciate dalla luna con lei tra le braccia…

Ma, come lui, anche Cali si porta dentro delle cicatrici. Riusciranno i due a dare fiducia all'amore che scoppietta tra di loro e a ricominciare da questo momento?

CON QUESTO BACIO (Volume 3)

Un bacio è solo un bacio… o così dicono. Ma io non sono d'accordo: questo bacio può cambiare una vita. Ha cambiato la mia.

Siete ufficialmente invitati al matrimonio di Shar

Sinclair con l'uomo dei suoi sogni, Gage Lancaster…
sempre che lo sposo si presenti alla cerimonia.

Che fine ha fatto Gage?

Manca solo un'ora all'inizio della cerimonia e nessuno
ha notizie di Gage, che non risponde nemmeno al
telefono. Shar è pronta ad andare in cerca del suo
uomo, perché è evidente che qualcosa non va.

Dopo aver ricevuto il messaggio che stava aspettando
da un investigatore privato, Gage non può fare a meno
di fare una deviazione importantissima mentre si dirige
al suo matrimonio.

Ma la situazione sfugge presto al controllo e tutto,
nella giornata delle nozze, sta per cambiare…

ADESSO E PER SEMPRE (Volume 4)

L'addetta alle relazioni pubbliche Olivia Sinclair è
stata lontana da Windswept Bay per anni, impegnata

ad aiutare l'élite di Hollywood a sfuggire a uno scandalo dopo l'altro. Ma ora è lei ad aver fatto scalpore e a trovarsi sulle pagine di tutti i giornali scandalistici. All'improvviso, tornare a casa a Windswept Bay e mantenere un basso profilo sembra proprio il consiglio migliore che Olivia potrebbe dare a se stessa.

La vita del barcaiolo Brandon "BJ" McCall ha appena subito un cambiamento profondo. Brandon ha appena scoperto di avere un fratello e di aver ereditato milioni; una situazione complicata… anche perché i suoi sentimenti riguardo a entrambe le situazioni sono piuttosto ambivalenti. Ma salvare una bella donna con un pigiamino di Pink Kitty è una complicazione per lui piacevole.

Essere salvata da uno sconosciuto che potrebbe rivaleggiare con uno qualunque dei suoi clienti di Hollywood non è esattamente ciò che Olivia aveva in mente quando è venuta a casa a nascondersi. Innamorarsi di un tizio che, come poi ha scoperto, sarebbe materiale perfetto per i tabloid non è certo una mossa saggia per una come lei: sta cercando di levarsi dalle copertine delle riviste scandalistiche, non di prendervi posto in pianta stabile!

Ma la situazione è complicata.
Soprattutto sulle spiagge di Windswept Bay, dove il romanticismo è nell'aria e l'amore è una complicazione che potrebbe anche essere impossibile da contrastare.

ASPETTANDO L'AMORE (Volume 5)

Jillian Sinclair ha bisogno di un uomo e ne ha bisogno subito. Sogna di diventare madre, ma il suo medico le ha appena dato una cattiva notizia: se ha intenzione di restare incinta, non le rimane molto tempo. Jillian vorrebbe trovare il vero amore, come le sue sorelle, ma si ritroverà forse costretta ad accontentarsi di qualcosa di meno pur di avere il figlio che desidera? L'ultima cosa di cui ha bisogno è che l'unico uomo che abbia mai amato e che ha perduto torni in città.
Il poliziotto sotto copertura Ryan Locke è di nuovo a

Windswept Bay, ma quanto vi resterà? Ha spezzato il cuore di Jillian quando le ha preferito la sua carriera. Può Ryan essere la risposta alle preghiere di Jillian, o la sua dedizione alla giustizia glielo porterà via un'altra volta?

Non perdetevi il nuovo episodio della serie di Windswept Bay… innamoratevi ancora una volta delle spiagge assolate della splendida costa della Florida…

L'autrice

Scrittrice di best-seller, Debra Clopton ha venduto oltre due milioni e mezzo di copie. Scrive romanzi dolci, contemporanei e western, ambientati in Texas e sulle spiagge della Florida. Le sue serie sono pulite e adatte a tutti; inoltre, Debra scrive anche romanzi motivanti di ispirazione cristiana. Debra è nota per i suoi dialoghi vivaci, per i suoi eroici cowboy e le sue eroine esuberanti. Ha ottenuto riconoscimenti come il "The Book Sellers Best", il "Romantic Times Magazine's Book of the Year", il "Reader's Choice Awards" e molti altri. È stata inoltre finalista del premio "Golden Heart", organizzato dalla Romance Writers of America, e tre volte finalista del "Carol Award" dell'American Christian Fiction Writers. Texana di sesta generazione, Debra vive in un ranch in Texas con suo marito Chuck. Adora viaggiare e trascorrere del tempo con la sua famiglia. Ha scritto per la Harlequin e per Harper Collins Christian e ora pubblica con la DCP Publishing. È entusiasta di scrivere per la DCP Publishing e di vedere i suoi libri venduti in tutto il mondo.

Debra adora aiutare le persone a sorridere con le sue storie divertenti e dal ritmo concitato.

Visitate il sito di Debra: www.debraclopton.com
Date un'occhiata alla sua pagina Facebook:
www.facebook.com/debra.clopton.5
Seguitela su Twitter: www.twitter.com/debraclopton
Contattatela all'indirizzo Debraclopton@yamil.com
Iscrivetevi alla newsletter di Debra e partecipate ai contest a www.debraclopton.com/contest

www.ingramcontent.com/pod-product-compliance
Lightning Source LLC
Chambersburg PA
CBHW070646100726
47907CB00007B/2123